Ziegenverbiss

Erinnerungsfetzen, Träume, Gelesenes, Gehörtes und Erdachtes haben sich beim Autor zu einer neuen - vermuteten - Realität im Jahr 2016 vermischt.

Aber:
Alle Personen und Handlungen sind frei erfunden.
Wer es nicht glaubt, frage seinen Arzt oder Apotheker.

Walter Gödde

Ziegenverbiss

Versuch, einen Krimi zu schreiben

Bibliografische Information der Deutschen Nationalbibliothek:
Die Deutsche Nationalbibliothek verzeichnet diese Publikation in der Deutschen Na-
tionalbibliografie; detaillierte bibliografische Daten sind im Internet über
http://dnb.dnb.de abrufbar.

Titelbild: **Walter Gödde**

Herstellung und Verlag: BoD - Books on Demand, Norderstedt

ISBN 978-3-7481-5566-9

1

„Hallo, mein Autor", begrüßt mich Heinrich, „da liegt eine Leiche für dich, noch ganz frisch. Du kannst also sofort mit deinem zweiten Krimi anfangen!" Darauf kann ich nicht antworten, ringe noch nach Luft. Schließlich hat mich sein Handy erst vor 15 Minuten aus dem Schlaf gerissen. Und nach seinem Redeschwall, den ich erst allmählich begreifen konnte, habe ich mir die Trainingshose und eine Jacke übergezogen, bin mit dem Auto bis zum Sportplatz gefahren und von da aus den steilen Wanderweg hoch gespurtet bis zur großen hohlen Buche – eindeutig zu schnell für mein fortgeschrittenes Alter.

Wo wir jetzt stehen, zweigt nach links ein Waldweg ab, der hier einen kleinen flachen Bach überquert. Um trockenen Fußes darüber zu kommen, haben Spaziergänger zwei oder drei große Steine hinein gelegt. Die sind aber nicht zu sehen, weil jetzt tatsächlich ein menschliches Wesen bäuchlings darauf ausgestreckt liegt. Viel mehr als ein grauer Mantel, blondes, lockiges Haar und wohl geformte Waden sind auf Anhieb nicht zu erkennen. Schließlich tränen noch meine Augen vom viel zu frühen Frühsport. Aber die Leiche wird wohl eine Frau sein. Näher heran zu gehen, wäre sträflicher Leichtsinn bei dem aufgeweichten Boden und der Spurensicherung, die irgendwann hier erscheinen wird. Der ovale Kreis von Fußabdrücken in etwa zwei Meter Abstand um die Leiche herum – Blödsinn: ovale Kreise gibt es nicht, was denk ich da bloß! – gut, diese Fußspuren sind wohl Heinrich zuzuordnen. War er also vorsichtig genug, als er das Opfer umkreist hat. Übrigens: wessen Opfer? - Und wer ist sie?

„Das war eindeutig Mord", sagt Heinrich. Und weil mir das hier absolut keinen Spaß macht, lasse ich meine schlechte Laune an ihm aus: „Und du bist der Mörder, denn erstens wüsstest du sonst nicht so genau, dass es Mord war, und zweitens wärst du sonst nicht immer noch am Tatort oder aber wieder an ihn zurückgekehrt, wie das so üblich ist bei deinesgleichen!"

„Langsam, langsam", antwortet mein Detektiv und hebt beschwichtigend die Hände, „denk doch mal ausnahmsweise logisch! Falls ich der Mörder wäre, würde ich bald eingesperrt, denn die Kriminalbeamten sind nicht so blöd, wie sie im Krimi immer dargestellt werden. Du würdest dann schön dumm dastehen. Ohne deinen Detektiv müsstest du dir die Handlung selbst ausdenken, und da hast du eindeutig Schwächen, wie wir alle wissen."

Wo er Recht hat, hat er Recht, sehe ich ja ein. Aber wer zwingt mich denn, mich schon wieder mit einem Fall herum zu ärgern? Und warum will mir Heinrich Hiesken, der eigentlich nur auf der Festplatte meines Computers existiert (und zur Sicherheit auf dem externen Laufwerk), warum um alles in der Welt will er mir trotzdem ständig in meinem realen Leben über den Weg laufen? Es war wohl ein schwerer Fehler, dass ich ihn für mein erstes Buchprojekt erfunden habe.

Bei dieser Gelegenheit möchte ich für alle Krimi-Leser vorsichtshalber eines ausdrücklich klarstellen: Heinrich Hiesken ist nur eine erdachte Person, die ich aber dringend für meine Story brauche. Ich rede mit Heinrich, lasse ihn recherchieren, habe als Berufstätiger schließlich nicht so viel Zeit wie man sie in seiner Branche notgedrungen aufwenden muss. Und falls er in Gefahr geraten sollte, kann ich ihm auf der Festplatte in meinem Laptop Asyl gewähren, bis die Luft rein ist. Andererseits, falls er keine Leistung bringt und ich zu viel Mühe für den Fortgang der Handlung und das Schreiben des Textes aufwenden müsste, hätte ich immer noch die Freiheit, die Datei inklusive Heinrich zu löschen (und auch den „Papierkorb" zu leeren). Ich hoffe, dass sich Heinrich jederzeit über diese Tatsache im klaren ist und das auch bei seinem Verhalten mir gegenüber deutlich zu erkennen gibt! – Jetzt aber weiter im Text!

„Warum bist du so sicher, dass es Mord ist?", will ich wissen. „Sicher ist nur der Optimist! - altes Sauerländer Sprichwort", grinst Heinrich, „siehst du eine Wurzel, über die sie hätte stolpern können? Glaubst du, dass eine junge Frau im Wald einen Herzinfarkt oder einen Schlaganfall erleidet und hinfällt? Bei Unwohlsein bleibt sie in ihrer Wohnung! Bliebe noch ein Nachtgespenst, dass sie zu Tode erschreckt hat. Aber im Sauerland? Dazu am frühen Morgen?" – „Was macht dich so sicher, dass sie erst vor kurzer Zeit verschieden ist?", will ich wissen, „wer weiß, was in Aumecke um Mitternacht geschieht? Hast du die Leichenstarre überprüft?" - „Für wie blöd hältst du mich eigentlich? Das ist eindeutig unter deinem Niveau! Ich laufe doch nicht der Spurensicherung ins offene Messer! – Würde aus der Dame noch Blut laufen, falls sie schon lange tot wäre?" – Ich reibe mir die Augen und sehe genau hin. Tatsächlich, der Körper hat zwar den Bach etwas aufgestaut, und das meiste Wasser fließt jetzt um sie herum, am rechten Bein entlang. Die Leiche kann nicht alles Wasser absperren. Unter ihr tritt noch ein Rinnsal hervor, und darin schwimmen kleine rote Schlieren.

Nun stehen wir also schweigend am Tatort. Der Jahreszeit entsprechend sollte jetzt Schnee liegen, Anfang Januar, nach einer weißen Weihnacht. Nichts davon. Vom Regen feuchte Natur um uns herum, knapp über Null Grad. Stumm starren wir beide eine kleine Ewigkeit vor uns hin. Was Heinrich denkt, weiß ich nicht. Was soll ich hier? Gut, der Wecker hätte mich eine halbe Stunde später sowieso geweckt. Schließlich ist Sonntag, ungerade Woche dazu, das heißt, dass ich Aufsätze korrigieren muss. Am Samstag habe ich die Rechtschreibung und Zeichensetzung überprüft, danach die Hefte nach dem Inhalt, also schlüssiger

Argumentation vorsortiert, heute – dazu braucht man einige Stunden – muss ich alle im Zusammenhang lesen für eine halbwegs gerechte Bewertung und fristgerechte Rückgabe. (Ich will ja nicht Ministerpräsident werden.) Bei vier Klassen Deutsch gibt es eben nur in den Ferien Ferien, zumal wenn man noch ein anderes Korrekturfach hat - aber in den Weihnachtsferien nicht, weil alles so drängt wegen der Halbjahreszeugnisse.

Aber lassen wir das Lamentieren, glaubt mir sowieso keiner.

Diesen Sonntag, den letzten Ferientag, kann ich abhaken: Mord geht eben vor!

Plötzlich fällt mir ein, dass Heinrich manchmal ziemlich leichtsinnig handelt, und ich frage so beiläufig wie es mir gelingen mag: „Wann hast du die Polizei gerufen?" – Nach einem Blick auf die Uhr meint er, dass das schon Ewigkeiten her sein muss. Bei einem Leichenfund im Wald, sei der Förster zuständig, haben die gesagt, bei Rehen und Wildschweinen oder so. Bei Menschen sei das leider eine Sache für die Polizei, und ob er sicher sei, dass die Dame wirklich tot sei und wie alt und bekleidet oder nicht. Seine Antwort war für sie bestimmt nicht sonderlich motivierend. Zwei Verkehrsunfälle seien noch auf zu nehmen, und nach seiner Schilderung sei es wohl auch kein medizinischer Notfall - und ob das ein Fall für die Kripo sei, müssten sie erst vor Ort entscheiden. Heinrich hat da wohl etwas zu Gunsten des Notarztes geflunkert, damit sie den nicht von seiner Zwölf-Stunden-Schicht aus dem Krankenhaus wegholen und für nichts in den Wald jagen. Er als Finder sei doch so freundlich, habe der Wachleiter gesagt, vorerst bei der Leiche auszuharren. Das sei so etwas wie seine staatsbürgerliche Pflicht.

Also stehen wir weiter dumm herum, betrachten die herrliche Natur, den Kahlschlag, wo tausende Fichten ihr ach so junges Leben lassen mussten, um Lametta, Kugeln und Kerzen für wenige Tage Halt zu geben, damit abgehetzte Menschen sich der

Illusion hingeben konnten, das Leben sei doch nicht so ernst wie das Leben.

Ich hauche meinen Atem in die Luft, sehe, dass er in der Kälte Wolken bildet, spüre meine kalten Füße. Beim Blick nach unten entdecke ich, dass mein Schlafanzug unter der Trainingshose heraus guckt und – Scheiße! Ich bin in Pantoffeln zum Tatort gefahren und gesprintet! – Vorsatz ist mir bei dieser Sachlage zumindest nicht nachzusagen, falls ich in Verdacht geraten sollte.

Am Sonntag ist die Polizei sicher schlecht erreichbar. Morgens beten die noch für ihr Seelenheil und dafür, dass sie keiner am Wochenende braucht. Das sei ihnen gegönnt. Aber uns wird es kalt, und allmählich könnten die doch ein Einsehen haben und sich zuständig fühlen für die Nöte der frierenden Bevölkerung!

Wir warten weiter auf die Polizei. In echt sind die ja nicht so bekloppt wie im Krimi. Aber hier ist jetzt Krimi. Das geht eben nicht ohne Vorurteile!

Wir sehen ein Eichhörnchen, das die Feiertage verschlafen hat und jetzt fressen muss, hören Vogelstimmen, die wir nicht einordnen können, entdecken ein Spinnennetz, das durch Tautropfen sichtbar wird. Erstaunlich, wie herrlich sich die Natur im Umfeld einer menschlichen Leiche präsentieren kann. Man könnte geradezu beglückt sein, wenn man nicht jederzeit mit dem Auftauchen unsensibler Fachkräfte der Polizei rechnen müsste.

Und da kommen sie schon! Siggi trottet schnaufend den Weg herauf, begleitet von einem Kollegen, den ich nicht kenne. Die Mützen haben sie schon weiter unten aufgesetzt als Zeichen der staatlichen Autorität. Siggi muss nicht gestützt werden. Heute ist er wohl nüchtern. Der andere führt das Wort: „Sie haben also gesehen, wie die Dame zusammengebrochen ist?" Schlauer als Siggi ist er demnach nicht, aber für einen Krimi ist das passend. Heinrich räuspert sich und sagt: „Falls das so gewesen wäre, hätte ich sofort Erste Hilfe geleistet." Der Anführer nickt und geht zur Leiche, fasst sie an und sagt: „Die ist wirklich kalt." Das ist kein Wunder, denn so nah an der Quelle hat das Wasser noch Jahresdurchschnittstemperatur, und die liegt bei uns im Sauerland zwischen 8 und 10 Grad Celsius. Aus diesem frischen Quellwasser machen wir Sauerländer das meiste und beste Bier unserer Republik! Das glauben die Ignoranten in Bayern zwar nicht, aber es ist so! Übrigens sollte man wegen des Reinheitsgebots baldmöglichst diesen Fremdkörper aus dem Bach räumen. Unser Felsquellwasser ist nun mal zum Brauen bestimmt und nicht zum Kühlen einer Leiche.

Der Streifenführer (Oder darf ich Leitbulle sagen?) dreht die aufgefundene Person für einen kurzen Moment etwas zur Seite, und ich bin sicher, dass ich das Gesicht kenne. Während er mit seiner Dienststelle telefoniert, überlege ich und komme nicht darauf. Ich kenne sie! Aber mir fällt nicht ein, woher. Nur gut, dass der mir unbekannte Polizist seinen Kollegen Siggi von irgendwelchen Aktionen abhält, die Spuren vernichten könnten, zum Beispiel die Suche nach einer möglicherweise unter ihr liegenden Handtasche.

Siggi trottet zum Streifenwagen zurück – das kann dauern – und sperrt 10 Minuten später den Tatort ab. Dazu benötigt er vier Eisenstangen und rot-weißes Flatterband mit der Aufschrift: „Polizei". Die Anzahl der Schaulustigen hält sich noch in Grenzen: zwei Personen, die sich für eine Befragung bereithalten.

Da fällt es mir wie Schuppen von den Augen: Das ist die Frau aus dem Büro für Mietautos! Bei ihr hatte ich im Frühjahr für einen Termin im Herbst ein Auto gemietet im Büro um die Ecke, vis-a-vis
vom „Enteneck". Dieses Miststück – die Wut kocht wieder hoch – hatte mündlich nach mehrmaliger Rückfrage alles als richtig bestätigt: VW Caddy maxi, 8-Sitzer mit entsprechendem Gepäck-

raum – extra von mir als ausreichend für die Fahrt vermessen. Sieben-Tage-Sonderangebot, korrekt, macht auch nichts, wenn ich den Wagen erst einen Tag später am Sonntag im Laufe des Tages zurückgebe, - einfach abstellen und Papiere und Schlüssel in den Briefkasten - weil das Büro am Samstagnachmittag und sonntags nicht besetzt ist. Mehrmals habe ich nachgefragt, weil der Firmenausdruck mit Abkürzungen und Zahlenkombinationen, zudem meist auf Englisch, nicht verständlich war oder schien. Immer wieder hat sie die Abmachung als korrekt bestätigt. Und als ich das Auto abholen will, gibt es keinen Caddy. Im Kleingedruckten steht: „oder ähnliches Fahrzeug der Kategorie" – Da konnten wir – weil kurzfristig nichts mehr zu retten war – nur mit einer ostasiatischen „Luxuslimousine" losfahren, bei der einer auf dem Notsitz das Gepäck festhalten musste. Und am Abend der Rückkehr hatte ich einen wütenden Anruf von ihr auf meiner Mailbox, dass am Sonntagmorgen festgestellt wurde, dass das Fahrzeug nicht pünktlich zurück war und deshalb eine Nachberechnung von rund – mein Gehirn hat die Einzelheiten verdrängt – rund 75 Euro fällig sei.

Im Kleingedruckten stand das natürlich so – als ich das schließlich doch mit der Lupe überprüft habe - obwohl diese halb gutaussehende Pseudodame mir auf mehrfache Rückfrage immer Gegenteiliges ausdrücklich bestätigt hatte.

Wer wird es mir deshalb verdenken, dass ich bei ihr – nach Überweisung der juristisch nicht zu bestreitenden Forderung – vorstellig wurde, um ihr mitzuteilen, dass sie in meinem nächsten Krimi vorkommen würde, und zwar als eine äußerst, wirklich äußerst hässliche, fiese, asoziale Person.

Weil sie aber tot vor mir im Wald liegt, hat sich die Situation grundsätzlich geändert.

Äußerst unangenehm, dass sie jetzt tot ist. Der ganze Effekt ist im Eimer. Tot nützt sie mir nichts - müsste auch die Kripo einsehen. Schließlich wollte ich sie persönlich treffen, indem ich sie als ein fieses Miststück mit einem kriminellen Hintergrund darstelle. Den mag sie zwar tatsächlich gehabt haben - warum hätte man sie sonst ermordet? Aber für die Rache eines über den Tisch gezogenen Kunden ist sie nicht mehr zu gebrauchen. Tote lesen nun mal keine Krimis. Mir bleibt nur noch als kleiner Trost, dass heute ihr sonntäglicher Kontrollgang über den Parkplatz ausfällt mit den sich daraus ergebenden Zusatzrechnungen für die überrumpelten Mieter ihrer Autos.

Nach der Regennacht hat sich die Sonne heute noch nicht blicken lassen, schlummert weiter hinter Hochnebel. Die Geräusche eines mit hoher Drehzahl gequälten Motors werden immer lauter, und bläuliche Lichtblitze werden entsprechen größer. Ob die beamteten Blaulichtgestalten auf diese Weise Licht in das Dunkel dieser Tat bringen können oder nur Fuchs und Hase erschrecken, sei dahingestellt.

Sie kommen herangefahren und bremsen abrupt, wie man es aus Filmen kennt. Wenn der Tatort im Wald ist, fahren sich im Fernsehen die Ermittler fast immer im Modder fest (und müssen später herausgezogen werden). Und das Ermittlungsteam quält sich dann mühsam zu Fuß die letzten Meter zum Tatort. Unser Team ist aber real und wird sicher später wieder losfahren können. Nur Wenden wird schwierig. Hier müsste erst die Leiche weggeräumt werden. Nächste Wegkreuzung etwa 400 Meter weiter oben mit steilem Anstieg oder die etwa 500 Meter im Rückwärtsgang - aber bitte, bevor die Spurensicherung mit ihrem Wagen anrückt! – Na ja, nicht mein Problem, wenn die faulen Säcke von der Kripo nicht gewillt sind, gemächlich zu Fuß zu gehen, obwohl ihnen über GPS die Entfernung zum Tatort bekannt ist und sie wissen, dass weder Leiche noch Täter aktuell auf der Flucht vom Ort des Geschehens sind. Im Film müssen sie natürlich in jeder Folge loslaufen über Stock und Stein – macht sich schließlich gut auf dem Bildschirm, solch eine Verfolgungsjagd – meist stolpert einer der Beamten, damit die Sequenz noch einige Minuten länger ausgedehnt werden kann...

Jetzt und hier aber steigt nur Frau Asche aus, das attraktivste Wesen, das der Polizeibezirk Erloh aufzuweisen hat. Heute erscheint sie nicht im roten Kostüm, ist nicht so sorgfältig gekleidet wie sonst, was für eine korrekte Dienstauffassung spricht. Denn sie wird einen Blitzstart am frühen Morgen hingelegt haben, weil sie dringend gebraucht wird. Einen schnuckeligen jungen Assistenten hat sie nicht dabei: Personalmangel durch alten Urlaub, zu Jahresbeginn genommen. Außerdem hat sie offensichtlich nicht auf Begleitung aus der Notreserve bestanden, zumal keine Gefahr im Verzug zu vermuten war und noch nicht sicher ist, ob hier wirklich mehr als ein Arzt für einen simplen Totenschein gebraucht wird.

Sie steigt also aus, blickt angewidert auf den Weg, der ihre für diesen Anlass etwas zu schicken Schuhe beschmutzt hat, spricht dann kurz mit den Polizisten. Sie zeigt mir und Heinrich ihren Dienstausweis - nehme ich wenigstens an, denn ich weiß immer noch nicht, wie so etwas wirklich aussieht - scheint mich zu erkennen. (Kann ich doch stolz darauf sein, dass ich trotz meines Alters einen bleibenden Eindruck bei ihr hinterlassen habe.) Sie sieht sich die Leiche an, berührt sie aber nicht. Da soll sich wohl erst die Spurensicherung austoben. Eine Weile stehen wir alle stumm herum.

Dann beginnt Frau Asche ihre Befragung: „Wer von Ihnen hat die Leiche gefunden?" Erfreulich, wie intelligent das klingt im Vergleich zu den Fragen der Uniformierten. Heinrich gibt es zu. Warum er hier ist? Weil er über die Feiertage 200 Gramm zugenommen hat! Deswegen ist er heute schon so früh auf den Beinen, um diesmal die große Runde zu laufen. Leider war ihm dabei der Übergang über den Erpelbach wegen einer dort hingestreckten, offensichtlich weiblichen Person ohne Lebenszeichen nicht problemlos möglich. Seinen Notruf 110 bei der Polizei könne sie ja mal abhören und selbst entscheiden, ob man das Verhalten des Diensthabenden als mangelndes Interesse auslegen könnte, nachdem er auf Rückfrage erfahren hatte, dass die Dame zwar jung aber nicht nackt sei.

Frau Asche schweigt eine Weile und will dann wissen, was denn der ältere Herr in Pantoffeln für eine Runde habe laufen wollen. I am not amused. Vor lauter Asche wird es mir kurzfristig schwarz vor Augen.

Heinrich stellt mich als seinen Autor vor, dem er natürlich eine Chance für einen neuen Krimi nicht habe vorenthalten wollen und deshalb sofort informiert hat. Frau Asche mustert uns beide von unten nach oben, runzelt dabei ihre sonst so anmutige Stirn, blickt noch einmal auf meine Pantoffeln (bemerkt nicht den Saum meiner Schlafanzughose oder ist gnädig genug, nicht die Brauen zu heben), fragt ganz nebenbei nach unseren Personalausweisen, die wir unter diesen Umständen natürlich nicht bei uns tragen, und lässt Siggi unsere Personalien aufnehmen. Jetzt werden wir erfahren, ob er des Lesens und Schreibens kundig ist. Für alle Fälle versichert er der Chefin, dass er uns schon im Auge behalten und wieder erkennen würde. Er notiert sich etwas auf einem Block, wartet mit leicht gesenktem Kopf auf ein Zeichen der übergeordneten Dienststelle. Frau Asche entscheidet, dass Heinrich und ich in Gnade entlassen werden können, verweigert uns aber nicht das Recht, hinter der Absperrung für Schaulustige stehen bleiben zu dürfen aus beruflichen, beziehungsweise Hobby-Gründen.

Frau Asche telefoniert kurz, hat wohl damit Erfolg, denn gefühlte fünf Minuten später erklimmen zwei Männer im weißen

Ganzkörper-Overall zu Fuß mit je zwei Koffern unsere Anhöhe. Die hatte sie wahrscheinlich rechtzeitig wegen eines möglichen Einsatzes vorgewarnt, bevor sie sich auf den Weg zu uns gemacht hat, denn in so kurzer Zeit hätten die nie aus Erloh kommen können. Aber nein! Die waren schon kurz nach ihr losgefahren und haben gemäß ihrer Anweisung am Sportplatz geparkt, damit sie bei Bedarf sich selbst – notfalls im Rückwärtsgang – frühzeitig vom Fundort der Leiche entfernen kann. Fluchtwege freizuhalten ist also nicht nur für Gangster wichtig.

Jetzt läuft das ganze Programm ab, wie wir das alle von den Tatort-Krimis kenne. (Wir müssen uns bei öffentlich-rechtlichen Fernsehanstalten doch darauf verlassen können, dass sie alles sauber recherchiert und korrekt dargestellt haben.) – Um es kurz zu machen: Ich werde nicht alles im Detail beschreiben müssen, zumal mir wirklich kalt ist. Auch sind meine Pantoffeln nicht wasserdicht und damit für diesen Untergrund ungeeignet.

Es werden Schildchen mit Zahlen und Buchstaben in den Boden gesteckt. Es wird fotografiert. Zum Glück nur von den Beamten und nicht von der örtlichen Presse. Aber das scheint heute unwahrscheinlich, denn gestern war Neujahrsempfang vom Erloher Schützenbund mit der kompletten Prominenz aus Stadt und Kreis. Wer würde nach solch einem erhebenden Ereignis freiwillig bergauf zu Fuß in die Aumecker Wälder aufbrechen für die schmallippigen Auskünfte der Polizei und ein Foto von einem Frauenmantel von hinten?

Ich sollte jetzt am Frühstückstisch sitzen, aber den ersten Kommentar vom Polizeiarzt muss ich noch abwarten. Er dreht die Leiche um.

Jetzt muss ich mich entscheiden, wie die Leiche aussieht (wegen der Todesart), damit Heinrich schon mal anfangen kann, seine grauen Zellen zu beschäftigen.

Was ich den Arzt entdecken lasse, wird die weitere Handlung des Krimis entscheidend beeinflussen. Zum Beispiel könnte ihr Gesicht an einer Seite blutig und zertrümmert sein. Oder der Mantel könnte offen stehen und doch einen nackten Körper zeigen. Dann wäre sie, diese verwerfliche Person, vielleicht auf dem Weg zu einem Kunden gewesen! Auf ihrem eingeschlagenen Weg geht es nur noch zum Forsthaus – aber der Förster jagt selbst seine Beute, wie ich ihn kenne, wöchentlich frisch! – Also wird sie doch angezogen sein!

Oder keines von beidem trifft zu, und nur ein kleiner roter Fleck – gleich Einschussloch - wäre zu sehen. Weitere Möglichkeiten kann Heinrich dem Polizeibericht entnehmen. Ich will nach Hause!

Auf nüchternen Magen geht das alles nicht! Ich glaube, mir schwinden die Sinne. Deshalb drehe ich mich schnell um und trotte zu Tal. Aber im Nebel höre ich noch: „Die weibliche Person ist mindestens seit 12 Stunden tot. Der rote Fleck in Höhe der Leber ist nicht durch einen Schuss oder einen Stich und eine dadurch bedingte Blutung entstanden. In der Tasche der Toten befindet sich ein Töpfchen roter Aquarellfarbe, die sich durch das Wasser fast komplett aufgelöst hat. – Obduktionsbericht Montag" – „Heute Abend!", flötet Frau Asche, und wir alle wissen, dass der mürrische, überforderte Pathologe das doch noch ermöglichen wird - wegen eines hinreißenden Augenaufschlages der Ermittlerin.

Peinlich für Heinrich, dass er sich so schnell auf eine fast noch warme Leiche festgelegt hat, obwohl das Aas schon Aas war. Sein erstes Ermittlungsergebnis ist glatt den Bach runter gegangen, seine erste Theorie zum Zeitfenster hinausgeworfen! Inkompetenz! Hat denn der Bursche nichts gelernt? Sich auflösende Wasserfarbe für auslaufendes Blut zu halten – und damit für eine Frische-Garantie – einfach nur lächerlich! (Aber so lange sich ein Leser dadurch gut unterhalten fühlt, geht das in Ordnung.) Es wäre unfair, ihn jetzt ins Reich der überschreibenden Nullen fern seiner Heimat – der Festplatte des Laptops – zu verbannen. Er ist nun mal mein Geschöpf - mit einigen Fehlern seines Schöpfers. - Ach, diese ungewollten Vaterschaften!

Und wo ist Heinrich? Einfach weg! Hat sich wahrscheinlich eilig auf mein Laufwerk D zurückgezogen, knobelt an einer neuen Theorie, die er mir und den Lesern plausibel darbieten könnte.

2

M. ist nicht begeistert, als ich am Frühstückstisch Platz nehme. „Du hättest mir wenigstens einen Zettel hinlegen können! Dein Handy hattest du auch nicht mit!" – Abreibung angekommen! Ich entschuldige mich und berichte kurz. Die Kinder schlafen noch. – Damit ist die Information über meine Familie abgeschlossen. In Krimis werden meine Angehörigen grundsätzlich nicht hineingezogen!

Detektive sind da anders zu behandeln. Zur gepflegten Unterhaltung gehört es nun mal, dass Privatermittler (oder auch Kommissare im Tatort) reichlich private Probleme haben und damit zeigen, dass sie Menschen sind wie du und ich. Heinrich möchte ich aber keine Scheidung, ein uneheliches Kind, eine schwule Oma oder sonstige Gebrechen andichten. Wegen meiner nicht so weit entwickelten kriminellen Fantasie muss er ja genug eigene aufbieten, damit ich meine Fälle geregelt bekomme.

Ich setze mich an den Schreibtisch, räume die Klassenarbeitshefte für eine Woche beiseite und versuche, die Erlebnisse des frühen Morgens aufzuschreiben.

Es geht sehr mühsam. Ich bin müde, denke an die Vorbereitung der Unterrichtsstunden für die nächste Woche, mit der ich spätestens um 16 Uhr anfangen müsste. Wie ich so halbwegs munter vor mich hin schreibe, weiß ich plötzlich nicht mehr, ob das Absperrband am Tatort wirklich rot-weiß war. Es irritiert mich, dass ich (soviel Familie darf doch sein) am Samstagabend einen Tatort-Krimi aus Sachsen gesehen haben, bei dem der Tatort mit blau-weißem Band abgesperrt wurde. Für einen Fall im Sauerland sollte doch geklärt werden, ob „rot-weiß", „blau-weiß" oder „schwarz-gelb" korrekt wäre.

Morgen will ich im TV-Krimi vom WDR erkunden, wie das Flatterband der Polizei jetzt im Normalfall aussieht. Sollte es in NRW auch blau sein, hoffe ich auf rot-weiße Restbestände von Polizei und Feuerwehr in Erloh.

Wie ich so auf meinen Text sehe, ist da doch der Borusse mit mir durchgegangen, denn „schwarz-gelb" ist nichts für Bullen. Aber es gibt schon Verwirrung genug, wenn Polizisten ihre grüne Uniform aufgeben müssen, damit Bürger und Gangster die Möglichkeit erhalten, Polizeibeamte wegen der Kleidung mit unterbezahlten Sicherheitsdienstleistern oder Security-Schlägern bei Großveranstaltungen verwechseln zu können.

Damit mir keiner vorwirft, ich hätte Vorurteile gegen Sicherheitsdienste: Ich habe Erfahrung damit. Vor ein paar Jahren zum Beispiel gab eine in meinen Augen etwas überschätzte Gesangsformation ein Konzert in einem Zirkuszelt in Erloh. Beim Anblick ihrer Idole fielen halbwüchsige Mädchen reihenweise kreischend zu Boden. Ich hatte die Ehre, diese von anderen Sanitätern auf Tragen zum Ausgang geschleppten Fans zur Behandlung in ein nahe gelegenes Sanitätszelt zu fahren. Dort ereigneten sich zeitnahe Wunderheilungen. Die Mädchen standen bald auf und wandelten zum Zelt zurück.

Die einzigen ernsthaften Verletzungen gab es allerdings, als einem Reporter – trotz Vorzeigen seines Presseausweises - seine Kamera vom Sicherheitsdienst zertrümmert wurde. Später brach noch einer der Möchtegern-Sheriffs einer Minderjährigen den Arm, als sie versuchte, auf die Bühne zu gelangen. Mir stand zum Schluss noch eine andere Prüfung bevor: Ein mit verklärtem Blick vor sich hin starrendes Mädchen (höchstens 14 Jahre) fragte mich: „Fährst du mich nach Dortmund?" Die Bearbeitung dieses Falles überließ ich großzügig der Polizei.

Aber ich schweife weit ab!

Kaum habe ich mit zwei, drei Sätzen meine erste vage Theorie zum Tathergang zu Papier gebracht – falsch – nicht zu Papier sondern mittels meines über der Tastatur kreisenden Zeigefingers der rechten Hand auf den Bildschirm (linken Zeigefinger nicht vergessen für Groß- und Kleinschreibung!), da schellt es.

Vor der Tür stehen drei kleine, blasse, missmutig blickende, orientalisch verkleidete Jungen und am Gartentor dezent im Hintergrund ihr erwachsener Aufpasser. „Guten Morgen!", eröffne ich das Gespräch. Ein Moment Stille, dann sagt eine der traurigen Gestalten fast schon mutig: „Wir sind die heiligen drei Könige!" Wieder stehen sie eine Weile stumm vor mir, bis ich sie so freundlich wie möglich auffordere: „Dann legt mal los!" Der Sprecher stottert etwas halblaut in meine Richtung, das ich großzügig als einen Segensspruch anerkenne. Ich weiß nicht, ob er es auswendig versucht oder sich bemüht, den Text von der Rückseite seines Sterns abzulesen. Dann zucke ich zusammen, als alle drei die letzten Worte laut gemeinsam sprechen. Danach stehen sie wieder starr und stumm vor mir. Ich glaube mich zu erinnern, dass in längst vergangenen Zeiten zu dieser Jahreszeit „Sternsinger" von Haus zu Haus gingen und entsprechend mehr geboten haben als so ein jämmerliches Kurzprogramm, bevor sie mit Kreide ein paar Buchstaben und die Jahreszahl an die Tür geschrieben haben. „Moment", sage ich und hole mein Portemonnaie. Den kleinsten Schein, den ich finden kann, rolle ich zusammen und schiebe ihn in die dargebotene Sammelbüchse.

Auch das kann die Stimmung der Hoheiten nicht verbessern. Offensichtlich hatten sie auf Süßigkeiten spekuliert. Aber die habe ich nie griffbereit.

Jetzt tritt der Anführer vor, ein gut genährter Endsechziger, und fragt vorsichtig, ob ich vielleicht auch den Spruch an der Tür wünsche. Als ich erstaunt erkläre, dass das doch wohl dazu gehört und ich seit Jahren darauf warte, dass mal wieder die Könige zu mir kommen, entschuldigt er sich mit akutem Personalmangel. Glaube ich sofort, wenn ich das hoch motivierte Team vor mir betrachte.

Heutzutage lassen sich junge Leute nicht so leicht für lau zu ehrenamtlichen Tätigkeiten drängen, die wenig Spaß machen. Ohne Gewinnbeteiligung machen sie das wohl nur auf Drängen der Eltern.

Ich lenke ein und tröste ihn. In den letzten Jahren bin ich — behaupte ich wider besseres Wissen - im Januar oft unterwegs gewesen und habe im aktuellen Fall nicht auf den Hinweis in der Zeitung reagiert, man solle einen gewünschten Besuch der Heiligen bitte anmelden. Ja, sie sind nur gekommen, weil das auf dem Weg zwischen zwei Kunden lag. Und jetzt holt er ein DIN A4-Blatt aus seiner Kollegmappe, zieht davon einen schwarzen Aufkleber ab mit der gedruckten weißen Aufschrift in Kreide- und Handschriftimitat und klebt ihn an meine Haustür. Lesen oder Rezitieren war schon nicht gut, dass aber nicht einmal ein handschriftlicher Originalsegen drin ist, überrascht mich schon. Irritiert verabschiede ich das fromme Kollektiv und schließe die Tür. Wenn ich es richtig bedenke, hat der Typ zu Recht höflich und vorsichtig gefragt, ob dieses Haus mit Schrift an der Tür gesegnet werden darf. In unseren Zeiten könnte ein unbefugt auf die Tür aufgebrachter Segensspruch auch als Sachbeschädigung ausgelegt werden, zumal nicht mehr alle Rechtsanwälte der kirchlichen Obrigkeit ergeben sind.

In meiner Kindheit gab es alle diese Probleme nicht. Unser Dorf war fest in protestantischer Hand, die wenigen Katholiken integriert, sofern sie - hart an der Grenze zum kurkölnischen Sauerland - loyal blieben. Da gab es kein Dreikönige. In der Neujahrsnacht durften nur die Junggesellen - älter als 15 Jahre - mit riesigen Schnaps-Vorräten von Haus zu Haus ziehen, ein Lied singen und böllern. Am nächsten Morgen gab es die gleiche Runde, bei der die Gebühr von einer DM oder einer Mettwurst für das abendliche Sauerkraut-Essen eingezogen und mit jedem Haushaltsvorstand ein Schnaps getrunken wurde. Danach war Ruhe im Ort bis zum Schützenfest.

Das Erlebnis an der Tür hat mich etwas aus dem Konzept gebracht, und ich lasse erst mal den Krimi ruhen. Ich mache dies und ordne das, und nach dem Mittagessen schlafe ich eine halbes Stündchen.

Der Kaffee danach bringt mich etwas auf die Beine. Kaum habe ich aber den Computer wieder hoch gefahren, sehe ich aus dem Fenster auffällige Gestalten. Zwei ältere Frauen mit einem Outfit, als hätten sie sich gerade in der Kleiderkammer eines sozialen Dienstes eingekleidet – besonders bemerkenswert ihre hässlichen Mützen - kommen vom Nachbarhaus, bleiben kurz stehen, notieren etwas und biegen zu unserer Haustür ein. Natürlich schellt es kurz darauf.

Leute, es ist Sonntag, will denn niemand Rücksicht darauf nehmen? Unwillig trabe ich zur Tür, zumal ich ahne, was die wollen. „Guten Tag, denken Sie nicht auch, dass die in unserer Zeit zunehmenden Naturkatastrophen eine Strafe Gottes sind?"

Zu dem Quatsch fällt mir keine höfliche Antwort ein, und ich schließe wortlos die Tür.

Kurz danach schellt es wieder. Die beiden alten Damen stehen immer noch davor und fragen: „Ist bei Familie Stairs oben niemand da?" – „Nein, bedaure, Herr Ulrich Peter Stairs macht sonntags immer einen Ausflug", gebe ich Auskunft und ziehe mich zurück. In Wirklichkeit steht die besagte Wohnung nach dem Tod der Mieterin zur Zeit leer, wird renoviert.

Innerhalb weniger Tage schellten immer wieder mehr oder weniger rüstige Rentnerpaare bei uns und bekundeten ihr Interesse an der offensichtlich freien Wohnung. Ohne eine Antwort abzuwarten, stellten diese – insgesamt etwa 25 Bewerber - ihre Bedingungen: Es sollte darin kein Mord oder Selbstmord geschehen sein, Erdstrahlen und ungünstige Wasseradern sollten auszuschließen sein, es dürfe dort keine Ley-Linien geben. Anderen Falls würde ein erholsamer Schlaf unmöglich und damit der Hausfrieden gefährdet sein. Mit all diesen in ihrer Meinung gefestigten Personen in Frieden zu leben, schien uns keine erfreuliche Perspektive zu sein. So hängten wir kurz entschlossen alte Gardinen an die Fenster. Zusätzlich versah ich das Klingelschild mit der Aufschrift „U.P. Stairs".

Vor ein paar Tagen schellte dann ein Junge aus der Klasse 5 nachmittags, zeigte auf die Schelle oben und konnte sich vor Lachen nicht halten. Schließlich sagte er: „Ich wollte nur mal sehen, wo Sie wohnen. Und das mit „upstairs" auf der Schelle, das ist ein prima Trick!" – Den Jungen sollten sie missionieren schicken, der hätte Erfolg!

3

Zur Entspannung gehe ich eine Runde durch den Park. Auf dem Weg dahin achte ich sehr auf den Bürgersteig, denn so früh im neuen Jahr sind die braunen breiigen Reste der Feuerwerkskörper nur schwer von Hundescheiße zu unterscheiden. Zwar sind die meisten Herrchen und Frauchen mit Plastiktüten unterwegs, aber in Parknähe fällt ihnen in unbeobachteten Augenblicken das Bücken offensichtlich schwer. Das erkennt man am Grünstreifen, dreißig Meter vom Hundeklo entfernt, wo sich im bleichen Gras frische Haufen neben gerade aufgetauten kringeln. Über den Teich hinweg sehe ich ein kleines Fahrzeug, das bis in die Nähe der Vogelinsel fährt. Sofort steuern sämtliche Wasservögel sternförmig darauf zu. Der ehrenamtliche Parkwärter füttert täglich. Dazu darf er mit Motorkraft vom Lager bis an den Teich fahren. Der Polizei möchte ich das nicht zugestehen. Früher war im Park gelegentlich eine Fuß-streife unterwegs, wegen der angeordneten Bürgernähe. Seit Wochen sehe ich hin und wieder vom Fenster aus, wie ein Streifenwagen im Schritttempo die Wege abfährt. Im Winter wärmt die Bürgernähe eben nicht genug.

Nahe der Insel lehne ich mich über das Geländer und sehe dem Wärter bei seiner Arbeit zu. Jetzt schiebt er eine Schubkarre mit Brötchen an einen Trog heran. Brötchen? Stand nicht vor drei Tagen noch in der Zeitung, das Füttern der Vögel mit Brot und Brötchen sei im Park untersagt wegen Wasserverschmutzung? Aber er wirft sie nicht in den Teich. Jetzt bemerkt er mich und hält eine Rede, die ich nur zum Teil verstehe wegen der Entfernung und des Lärms der Vögel bei der Essensausgabe. „Das ist verboten. Verrat mich nicht. Die Idioten in Erloh haben ja keine Ahnung. Geben kein Geld für Vogelfutter. Habe schon fünfhundert Euro Außenstände. Da kann ich nicht nur mit Körnern füttern. Aber Brötchen verbieten, das könnte denen so passen. Alles ziehen die von Aumecke ab: die AOK, wo die Alten nicht mehr zu Fuß hin können, unser Schwimmbad wollen die auch schließen, die Idioten aus Erloh!"

Und jetzt hat er mich unter meiner neuen Mütze erkannt: „Das kannst du mal schreiben in deinem Buch! Aber verrate das nicht mit den Brötchen! Die Mandarinenten haben sie uns weggeholt für die neue Voliere in ihrem Stadtpark und ein Schwanenpaar auch noch. Aber die Tauben hier! Davon gehören mir nur ganz wenige. Sieht man an den Ringen. Wir haben mehrmals die Züchter angeschrieben. Aber keine Sau holt die Viecher ab. Ist schließlich bequemer, wenn sie hier satt werden. Ach, was bin ich froh, dass ich hier auf der Insel wenigstens auf dem Gebiet von Hörste bin. Die Grenze geht ja quer durch den Teich. Der Erpelbach ist die Grenze."

Stimmt, daran habe ich nicht gedacht. Die Leiche heute morgen hat quer über den Bach gelegen, halb in Aumecke und halb in Hörste. Endlich sehe ich einen Vorteil der Eingemeindung: Jetzt müssen nicht zwei Polizeidienststellen bis zum Einsetzen der Verwesung um die Zuständigkeit für das Mordopfer streiten. Im letzten Jahrhundert hat es hier einen kuriosen Fall gegeben. Ein bekannter Landstreicher ist genau da tot aufgefunden worden, wo die Grenzen dreier Gemeinden zusammenstießen: Aumecke, Hörste und Graubecke. Die haben damals lange gestritten, wer die Beerdigung bezahlt.

Ich sehe auf die Uhr und frage ich mich, warum Heinrich nichts von sich hören lässt. Hat er noch keinen Denk- oder Ermittlungsansatz gefunden? Glaubt er, dass der Sonntag ein arbeitsfreier Tag ist? – Diese jungen Leute! Immer erwarten sie, dass sich Probleme von selbst lösen!

Als Detektiv sollte Heinrich hinreichend gute Verbindungen zur Polizei und zur Unterwelt haben. Trotzdem wird er sonntags leider kaum noch weitere Informationen erhalten können. Vorläufige Arbeitsthesen schon jetzt auf Grundlage der doch noch sehr spärlichen Faktenlage zu entwickeln, hält er sicher für einen übertriebenen Arbeitsaufwand.

Mir aber lässt der Fall keine Ruhe. „Mord am Morgen macht manchmal Sorgen" sagt ein altes Sauerländer Sprichwort, und so

25

versuche ich es erst einmal ohne Heinrich, hole ein großes Blatt und notiere:

These 1 natürlicher Tod

a) durch nicht erkannte Krankheit, ungesunde Ernährung, Infarkt, Schlaganfall – sehr unwahrscheinlich, aber auch bei jungen Leuten möglich – kein Fremdverschulden

b) nach Stress, der von dritter Person absichtlich erzeugt wurde – unwahrscheinlich, aber möglich – Fremdverschulden weder straf- noch nachweisbar

These 2 Unfalltod: z.B. unglücklicher Sturz, durch Stolpern ausgelöst – wird von Ermittlern gerne genommen, falls sie faul sind - und von Angehörigen wegen der Unfall- oder Lebensversicherung

These 3 Selbstmord: möglich – unklare Faktenlage

These 4 Tod durch Naturgewalt: Blitzschlag unwahrscheinlich, aber seit entsprechende hier ausgerottete Tiere im Sauerland wieder angesiedelt werden, beklagen Jäger, dass zu viele Rehe von Wolf und Luchs gerissen werden – warum dann nicht auch ein Spaziergänger?

These 5 Mord - für einen Krimi die angenehmste Variante:

a) Gift, Zusammenbruch des Opfers mit Zeitverzögerung fern des „Tatortes" – Motiv und Täter unklar, wahrscheinlich eine Frau

b) äußere Gewalt, aber welche? Leider habe ich nicht lange genug bei der Leiche ausgeharrt. – Täter wahrscheinlich ein Mann

All diese Überlegungen bringen nichts! Ich grüble nur und blockiere damit alle notwendigen Tätigkeiten, die ich erledigen sollte.

Machen wir es doch ganz anders! Lieber Leser, wir lösen den Fall durch ein Preisausschreiben: Wer mir bis zum nächsten

Schaltjahr eine plausible Erklärung liefert für den Mord und das Motiv, für den Mörder oder die Mörderin, dem schenke ich alle bisherigen Kapitel. Der oder die darf das Buch zu Ende schreiben.

Jedenfalls gebe ich für heute auf. Solange ich nichts Näheres weiß, sind alle weiteren Überlegungen müßig. Eines hätte mich aber interessiert: Ist sie am Samstag oder erst heute verschieden? Schließlich wissen die alten Frauen im Sauerland aus langer Erfahrung zu bestätigen: „Wenn eine Leiche über den Sonntag liegt, zieht sie bald eine zweite nach.“

4

Am Morgen wache ich auf wie gerädert, wirklich gerädert, denn mein Traum hatte mit Rädern zu tun. In der Nacht ist mir die Autovermieterin erschienen, hat mir einen Schlüssel zugeworfen und geschrien: „Fahr schnell weg, mit dem Caddy!“ Da sah ich Blut an ihren Händen, stieg schnell ein und startete. Aber das Auto bewegte sich nicht. Heftiger Regen setzte ein. Über ihr Gesicht floss jetzt Blut. Ich stieg aus, sah mich um und bemerkte, dass die Räder des Autos rot waren, dicke runde Aquarell-Malblöcke in eckigen Plastikfarbtöpfen – wie im Schul-Malkasten, nur viel größer. Und der Regen löste die Farbe auf. Bald war der gepflasterte Hof rot überschwemmt. „Fahr endlich weg!“ schrie die Frau, „wir haben keinen Blutabscheider! Ich will keinen Ärger mit dem Umweltamt!“ Dann brach sie zusammen, und ich wachte auf mit nassem T-Shirt, aber nicht vom Regen.

Schön wäre es ja, falls sie mir durch den Traum den Schlüssel für des Rätsels Lösung gegeben hätte, für die Quadratur des Kreises.

Aber Mord beiseite, jetzt muss ich erst zur Schule.

Da geht es zu, wie es eben so zugeht an einem ersten Schultag nach den Ferien: übermüdete Schüler in allen Räumen. Im Chemieraum kippelt einer von ihnen und fällt im Halbschlaf vom Stuhl, schlägt mit dem Hinterkopf gegen die Keramikplatte des Experimetier-Tisches hinter ihm und liegt bewusstlos am Boden. Als Sanitäter sofort alarmiert, spurte ich durch die Flure und treffe ein, als der Junge schon wieder ansprechbar ist. Nach kurzer Befragung kühle ich seine Beule und lasse vorsichtshalber den Krankenwagen anfordern. Tod durch eine Sicker-Blutung im Hirn kann ich nicht gebrauchen – zumindest nicht im beruflichen Kontext. Es dauert natürlich einige Zeit, bis der Wagen eintrifft und ich die Besatzung über den Fall informiert habe. Auf dem Rückweg hoffe ich, dass in meiner verwaisten Klasse inzwischen nichts passiert ist und gelegentlich ein Kollege hereingeschaut hat. Hat er.

In der großen Pause habe ich Außenaufsicht. Die frische Luft tut gut. Es ist ruhig. Die Schüler sind immer noch müde und haben heute vergessen, ihre Restbestände an Silvester-Krachern mitzubringen. Dafür wird es morgen richtig losgehen! Der eine oder andere kommt auf mich zu und hält ein kleines Schwätzchen mit mir. Da, plötzlich Tumult! Ein kleiner Junge - wohl Klasse 5 oder 6 - schlägt wild um sich mit unkoordinierten Bewegungen. Ich sehe, weil ich nahe genug bin, wie er die Augen verdreht und zusammenbricht. Er stöhnt und schlägt und tritt weiter. Es gelingt mir, einen Arm zu greifen und ihn weit genug vom Betonfuß einer Sitzbank zu ziehen, gegen die er schon mehrfach seinen Unterschenkel geschleudert hat. Klassenkameraden berichten, dass er schon in der Grundschule manchmal Anfälle gehabt habe. Einen schicke ich ins Sekretariat, (einen älteren Schüler als Begleitung), damit die Eltern benachrichtigt werden, einen zum Lehrerzimmer, um eine Decke zum Unterlegen zu holen. Schließlich ist der Boden noch sehr kalt. Die Heftigkeit der Bewegungen lassen nach. Ein Schüler bringt die Decke, der andere berichtet, dass die Eltern schon unterwegs sind. Der Gong beendet die Pause, und ehe beide ins Gebäude gehen, schicke ich sie zum Lehrerzimmer, Bescheid sagen, dass ich noch draußen zu tun habe und auf die Eltern warte. Als ich den liegenden Jungen auf die Decke ziehe, sieht er mich groß an und sagt, dass er aufstehen kann und will. Also helfe ich ihm dabei. Wie ich ihn auf den Beinen habe und noch an beiden Armen halte, wird er ganz bleich und kotzt und kotzt. Hätte ich nur den Anorak ganz geschlossen! So aber ins Schwarze getroffen. Es haben etwas abbekommen: Hemd, Pullover, Anorak und Hose. So kann ich gleich nicht vor eine Klasse treten! Der Junge stammelt eine Entschuldigung, ihm ist das peinlich – mir übrigens auch. Ich versuche ihn zu beruhigen, setze mich mit ihm auf die Bank und lege die Decke um uns. Während ich beruhigend auf ihn einrede, kommt Willi, einer meiner liebsten Kollegen, und fragt, was er helfen kann. „Die Eltern sind unterwegs, die Situation ist stabil", sage ich, aber die Schulleitung sollte zur Kenntnis nehmen, dass ich jetzt erst nach Hause gehe und mich umziehe. Allmählich spüre ich die Feuchtigkeit." „Klar", sagt er, „regele ich, sonst nichts?" – „Hast du Unterricht in einem Raum mit Sicht auf den Schulhof?" - „Habe ich". „Dann sieh gelegentlich aus dem Fenster, ob ich Zeichen gebe. Handys sind hier ja nicht erlaubt. Aber ich glaube, dass ich klar komme". Willi geht, und ich versuche weiter eine lockere Unterhaltung, frage nach der Adresse. Gut, dann werden die Eltern bald da sein. Und da sind sie schon, und wieder Verlegenheit, Beteuerungen, wie leid es tut, der ganze verbale Dschungel, bis man sich gegenseitig klar gemacht hat, dass so etwas passieren kann und die Gesundheit eines Kindes wichtiger ist als ein bekotzter Lehrer.

Etwas breitbeinig gehe ich langsam nach Hause. Das Gefühl, ich hätte mir in die Hose gemacht, hat sich nun mal eingestellt.

In der Waschküche ziehe ich mich komplett aus, will erst alles in die Waschmaschine stecken, entscheide mich aber, den Rat einer kompetenteren Person mittags abzuwarten. Bei der Schwere des Vorfalls muss die Schulleitung noch einen Sprung unter die Dusche zulassen, bevor ich mich neu ankleide.

In der Schule zurück, werde ich als zuständiger Klassenlehrer darüber informiert, dass eine meiner Schülerinnen sich plötzlich gemeldet, dann aus dem Klassenraum im Dachgeschoss auf den Flur gelaufen sei und vor Erreichen der Toiletten sich erbrochen habe, dergestalt, dass sich ihr Mageninhalt im Treppenhaus über drei Etagen verteilt habe. Der Hausmeister habe sich für nicht zuständig erklärt, weil das Reinigungspersonal erst nachmittags komme. Und die Sperrung eines Treppenhauses sei aus feuerpolizeilichen Gründen derzeit nicht möglich.

Meine Kollegin – also faktisch eine beamtete Putzfrau – löste das Problem dadurch, dass sie vom Hausmeister die Herausgabe von Putzzeug erbat und das widerwillig herausgegebene Material zum Wohl der Allgemeinheit einsetzte. Ich glaube, dass es ihr außer mir kaum jemand gedankt hat.

In der dritten Stunde werde ich noch in die Nachbarklasse gerufen, weil sich ein Mädchen beim Textilen Gestalten mit der Schere in den Daumen gestochen hat. Etwas bluten lassen (Ausschwemmen von Erregern) und ein Pflaster reichen.

Rückblickend scheint das ein fast normaler Schulanfang gewesen zu sein, nur dass ich etwas wenig Unterricht habe einstreuen können.

Um 14 Uhr ruft Heinrich aus seinem HMD-Büro an, das es sich in der ehemaligen Viehküche auf dem Biohof seiner Eltern eingerichtet hat. „HMD" heißt „Hiesken Medienconsulting und Detektei". Er hat noch einige Geschäfte nebenbei laufen. Sein Timing ist perfekt, er hat mich zwischen Mittagessen und Mittagsschlaf erwischt. „Treffen wir uns heute um 18 Uhr im Enten-eck?" „Kann ich einrichten." Und ehe er auflegt, will ich noch wissen, was er von der jungen Assistentin aus der Pathologie er-fahren hat. „Nichts!", antwortet er mürrisch, „Sie hat mich ges-tern Abend mit einer anderen gesehen, ist sauer, weil sie wohl ahnt, warum ich sie ständig anbalze." Ich erzähle ihm noch schnell meinen Traum und sage weiter: „Wenn wir von den Er-mittlern jetzt nichts erfahren, die Tote uns aber eine Nachricht zukommen lassen will durch meinen Traum, dann bin ich doch ihr Medium, oder etwa nicht? Du als Medienconsulter wirst doch diese Information lesen können." Offensichtlich muss Heinrich erst überlegen, wie er auf den etwas gewagten Scherz reagieren soll. Schließlich antwortet er und muss wohl dabei grinsen: „Sie will uns mitteilen, dass es sich um das Erstlingswerk eines Serien-täters handelt, der als Zeichen Farbtöpfchen verwendet, die er den Opfern in die Tasche steckt. Und bedenke, das Auto hatte vier (!) Räder." – „Dann können wir – falls es eine Serie wird - davon ausgehen, dass auch das nächste Opfer bekleidet ist", antworte ich und lege auf.

5

Kurz vor 18 Uhr betrete ich das Enteneck. Schließlich leide ich seit Ewigkeiten an Pünktlichkeit. Heinrich ist noch nicht da, aber die Stammbesatzung hängt schon seit wenigstens einer Stunde am Tresen. Auch die Tische sind bis auf einen besetzt.

„Tach Karl", sag ich zum Wirt, „hier kommt der Frikadellen-Tester! Nach dem Dioxin-Skandal sind die Fleischpreise so im Keller, da muss ich prüfen, ob der Brötchenanteil in deinen Klop-sen noch hoch genug ist. Also bitte so ein Exemplar mit Senf und ein Pils dazu". Man lacht höflich in der Runde. Ehe ich mich set-ze, ruft Ralf aus der Ecke: „Hallo Pauker, ich hab wieder eine tolle Geschichte, kostet aber ein Herrengedeck!" Na, wenigstens sind seine Preise stabil geblieben. Ich nicke dem Wirt zu und setze mich an Ralfs Tisch. „Pass mal auf", sagt Ralf, „Neulich war ich im Sauerland, im katholischen, weil ich da was kaufen wollte." - „Halt", rufe ich überrascht und auch schon reichlich sauer, „du kannst doch meine Geschichte nicht so versauen! – Die fängt doch so an: Neulich war ich im Sauerland, im katholischen. Denn der Protestant liebt die Gefahr...

Wie kommst du eigentlich dazu, meine Geschichte zu erzählen? Die kann doch keiner kennen außer der Redaktion vom ‚Erloher Bürgerblatt‘. Die habe ich vor ein paar Wochen da eingereicht bei dem Wettbewerb um die besten Sauerlandgeschichten, eine ganze Serie davon habe ich denen geschickt. Haben sie aber abgelehnt. Das sei nicht volkstümlich genug, zu frech. Selbst meine Schützenfestgeschichte hat sie nicht überzeugt, das ignorante Pack! Haben das Manuskript mit Bedauern zurückgeschickt. Aber, wie ich gerade erfahre, offensichtlich heimlich kopiert und unter der Hand in Umlauf gebracht. Fanden das doch lustig genug, um auf Partys damit als eigene Erfindung anzugeben. – Du brauchst mir nicht zu sagen, woher du den Text hast, Ralf, dessen Feinheiten du offensichtlich nicht drauf hast. Geschenkt! Weil du ein ehrlicher Kerl bist. Das Gedeck aber zahlst du und auch meine Frikadelle. Dann will ich das alles vergessen, okay?" Ralf nickt zerknirscht: „Wusste ja nicht, dass sie das bei dir geklaut haben."

„Schon gut", sage ich, die Geschichte geht so:

Neulich war ich im Sauerland, im katholischen. Da staunt Ihr, woll? Denn der protestantische Sauerländer liebt die Gefahr, manchmal wenigstens. Und dann kann es sein, dass er sich auf Kur-Kölnisches Gebiet wagt. Für unsereins ist das gar nicht so leicht, die Grenze zum Hochsauerlandkreis oder zum Kreis Olpe zu überschreiten, mental gesehen, woll? Denn da gibt es noch Bergstämme, hab ich gehört, für die ist ein Protestant, besonders ein reformierter, so was wie ein Moslem, nur ohne Turban.

Na ja, mein Trecker war kaputt und ohne kann ich mein reichlich bemessenes, schweres Tagwerk nicht schaffen, zumal Oma und Opa nicht mehr gut zurecht sind. Also, ich hatte einen guten gebrauchten Trecker im Internet gefunden, aus dem HSK. Aber den Schwarzen da kann man nicht so recht trauen. Die können nämlich nachher beichten, wenn sie einen Protestanten beschissen haben. Deshalb wollte ich das gute Stück persönlich in Augenschein nehmen und bin mit dem Bus aus dem Märkischen Kreis rüber zu den Katholischen. Zurück wollte ich vielleicht schon mit dem Trecker.

In besagtem Dorf war Brunftzeit. „Schützenfest" nennen wir das im Sauerland. Da ging es ganz schön hoch her bei dem schon weit fortgeschritten Gelage, als ich den Anbieter von dem Trecker schließlich im Festzelt gefunden hatte. Um den Pastor herum kicherten ein paar alte Jungfern und hofften wohl, sie könnten doch noch ihre Unschuld kirchenverträglich loswerden. Die anderen Weiber hatten sich schon so besoffen, dass ihnen die Kerle gefielen, und die Männer hatten ziemlich heftig getankt, etwa die Hälfte für um Mut zu kriegen zum Zufassen bei den Weibern, ein Viertel aus Trauer, weil sie das schon aufgegeben hatten, und so 20% auch aus Trauer, weil sie die falsche Ehefrau abgekriegt hatten. Der Rest war am Saufen, weil es einfach Spaß machte. - Ich trank zur Tarnung. Denn wenn du beim Schützenfest nicht mit trinkst, fällt sofort auf, dass du nüchtern bleiben willst, zum Beispiel wegen Treckerkauf. Außerdem – an die zwanzig Glas müssen ja wohl drin sein, wenn das Sauerländer Pils so gut schmeckt.

Willem hat immer fleißig einen ausgegeben. Willem, das ist der mit dem Trecker. Und als ich am nächsten Tag im Bus gesessen hab, da war mir so schlecht, dass der anhalten musste, und dann hab ich so was von gekotzt, noch auf katholischem Gebiet. Das Pils kann es nicht gewesen sein, aber zwischendurch hatte der Schützenkönig eine Runde Schnaps geschmissen, einen ganz billigen Fusel aus dem Rheinland, sag ich euch!

Ob ich den Trecker gekauft habe, schriftlich oder mit Handschlag oder gar nicht, das weiß ich nicht so genau. Aber Willem, der ist jetzt mein Freund, der will mir deswegen eine Mail schicken"

„Ja", sagt Ralf, „die Geschichte war nicht schlecht, diesmal zahle ich. Ich sehe ein, die Frikadelle plus war das wert!" Eine Weile schweigen wir. Dann meint er: „Schützenfest ist so eine Sache. Das Abfüllen ist ja ganz schön, aber der Morgen danach, da freust du dich, dass du wieder ein Jahr Zeit hast bis zum nächsten Schützen-fest. - Und hast du das auch in der Zeitung gelesen, von den schwulen Königen? Da haben sie beschlossen beim Bund historischer Schützenbruderschaften, weil sie tolerant sind, dass jeder Schütze schwul sein darf in dieser herrlichen Gemeinschaft. Wenn er aber König wird, muss er sich eine Ersatzkönigin wählen, oder der Partner muss hinter ihm gehen im Festzug, weil das sonst den christlichen Werten widerspricht. - Vielleicht darf jetzt auch der Pastor König werden, und die Haushälterin muss hinter ihm gehen, wegen der christlichen Werte."

Heinrich ist immer noch nicht da, und mein Glas ist leer, schrecklich leer.

„Ralf", sage ich, „Für ein kleines Pils hätte ich da noch einen kleinen Traum zu erzählen, auch was mit Schützenverein." Einen Moment überlegt er, kämpft mit sich. Ich nicke ihm aufmunternd zu, und er gibt endlich die Bestellung auf.

Also warte ich, bis ich den ersten Schluck nehmen kann und lege los:

„Im Traum bin ich in einer Erlohner Schule und protestiere heftig dagegen, dass meine Partnerin und ich unter Strafandrohung hierher zu einem Integrationskurs einbestellt worden sind. Schließlich bin ich im Sauerland geboren und aufgewachsen, wohne seit 1968 in Aumecke, das später bekanntlich von Erloh annektiert wurde. Dass meine Begleiterin nach etwa 40 Jahren im Rheinland und schon 6 Jahren in Aumecke hier zwangsweise integriert werden soll, finde ich genauso albern bis unverschämt.

Die Leiterin sagt ‚Ich verstehe Ihren Unmut, aber wir mussten Sie entsprechend der gesetzlichen Bestimmungen vorladen. Schließlich konnten Sie die notwendige Bescheinigung nicht vorlegen.‘ – ‚Bescheinigung?‘, frage ich, ‚welche Bescheinigung? Davon weiß ich nichts.‘ – ‚Na eben, weil Sie nicht dort waren, die Bescheinigung, dass Sie schon einmal am Schützenfest hier teilgenommen haben!‘ “

Endlich ist Heinrich erschienen. Er bleibt aber am Tresen und winkt mir zu. Ist einzusehen. Er muss den Wirt befragen, der hier im Epizentrum des örtlichen Verbrechens Ausschau hält, oder besser gesagt im Auge des Taifuns der Aumecker Leidenschaften wissen könnte, wer wie im näheren Umfeld dem bürgerlichen Korsett entgleitet oder zu entgleiten droht. Im konkreten Fall hat er freie Sicht auf die Autovermietung vis-a-vis.

Während er noch mit Karl redet, starre ich vor mich hin und denke, dass es die Detektive im alten englischen Krimi leichter hatten. Denen legte die Polizei keine Hindernisse in den Weg, gab Informationen, weil sie wussten, dass der Fall nur mit der Intelligenz der Detektive zu lösen war. Da ließ der Täter noch sein silbernes Zigarettenetui mit Monogramm am Tatort liegen oder wenigstens ein Schnupftuch... – aber rote Wasserfarbe? Das ist absurd!

„Was ist?", fragt Ralf, „du guckst so komisch. Bist doch sonst 'ne Spur lustiger. Fehlt dir ein Pils? Hast du Hustenreiz? Oder was ist sonst? Ehekrach?" – „Ja Pils ist schon fast richtig, bestelle ich aber diesmal selbst, oder willst du ein kleines Geheimnis erfahren?" - „Geheimnis! Komm mir nicht mit so was! Das sagen alle, die einen oder zwei ausgegeben haben wollen!" – „Habe ich doch gesagt, zahle gegebenenfalls selber, sollst nur zuhören, falls du willst! Kannst selbst entscheiden, ob es ein Pils wert ist." „O.K., dann sag mal, was los ist. Vielleicht gibt es ein Pils dafür." „Also, am Tresen sitzt Heinrich, weil er vom Wirt was wissen will über den Mord gestern an der Frau aus der Autovermietung gegenüber." – „Ach, Carola Girsch, ermordet? Ich dachte, die ist einfach nur so tot, Unfall oder Herzkasper - wirklich Mord?" „Offiziell ist das noch nicht, aber Heinrich meint, das ist so. Deshalb recherchiert er auch hier. Sag mal, was weißt du über sie?" Ralf denkt nach. „Weißt du, ich habe immer gedacht, Unkraut vergeht nicht. Girsch, der Name sagt doch alles. Gisbert, ihr Mann, ist Kassierer vom Kleingartenverein Sonnenhöhe, sie ist stellvertretende Vorsitzende. In der Kombination könnte man schon einige Dinger drehen, sofern die anderen nur den Rasen mähen und Blümchen pflanzen." – „Und im Autoverleih vis-a-vis ist alles sauber, deiner Meinung nach?" – Ralf grinst: „Hat sie dich auch über den Tisch gezogen?" „Na ja", räume ich ein, „hätte mir längst eine neue Lesebrille für das Kleingedruckte besorgen sollen!"

6

Heinrich kommt vom Tresen und fragt: „Gehen wir zu mir oder zu dir?" Ich sehe mich erst einmal um. Aber an keinem der Gesichter der Anwesenden ist abzulesen, dass die Frage - sofern sie überhaupt zur Kenntnis genommen wurde - Zweifel an meiner geschlechtlichen Orientierung ausgelöst hat. „Zu mir!", sage ich, „brauche ich nicht so weit zu laufen."

Heinrich runzelt die Stirn beim Anblick einiger Manuskriptblätter auf meinem Schreibtisch. „Mach nicht noch einmal den Fehler wie im ersten Buch. Schreib nicht alles hinein, was man dir an Nebensächlichkeiten in der Kneipe erzählt hat. Manche haben das Buch aus diesem Grund nicht weiter gelesen, habe ich gehört. Der Leser will Fakten zum Fall und spannende Handlung! Sprache und Folklore (auch wenn sie echt sind), das ist Nebensache – Hauptsache, es passiert was!"

Schon wieder diese Debatte! Das war der Fehler des Verlegers, der dieses literarisch anspruchsvolle Werk unbedingt als „Krimi" vermarkten wollte. War die falsche Zielgruppe. - Aber das alles erkläre ich nicht meinem Detektiv Heinrich.

Statt dessen frage ich nach Fortschritten bei seiner Recherche. Von der Obduktion hat er noch nichts erfahren, aber die Assistentin des Pathologen schon zum Versöhnung-Dinner eingeladen.

Das Opfer war verheiratet und kinderlos. Es gibt einen ledigen Bruder: Carsten Siepmann. Der ist aus dem Kleingartenverein ausgetreten, als seine Schwester in den Vorstand gewählt wurde. Das war vor zwei Jahren, als kurz nach seiner Mutter auch der Vater gestorben war. Seitdem wohnt er allein im Haus und kümmert sich ohne Hilfe um das Grundstück und die Ziegen.

Vor drei Wochen hat Karl, der Wirt vom Enteneck, in der Geschäftsstelle gegenüber einen Streit mitbekommen, als er draußen vorbeiging. Das Geschrei war so groß, dass er glaubt, herausgehört zu haben, dass die Frau Girsch Abrechnungen manipuliert haben soll. Da sollen Autos unregistriert unterwegs gewesen sein. Karl hat extra die Tür mit dem Fuß leicht aufgedrückt, um den Geschäftsstellenleiter und Frau Girsch besser hören zu können, die ihn bei ihrem Gebrüll nicht bemerkt haben. So weit er verstanden hat, wurde ihr vorgeworfen, es seien Autos der Firma unterwegs gesehen worden, deren Verleih nicht als Vorgang im System zu finden waren. Sie habe auf handschriftliche Aufzeichnungen wegen eines Stromausfalls verwiesen, die sie noch in den Computer eingeben wolle. Wie viele Stromausfälle es denn in den letzten Tagen gegeben hätte, hatte ihr Vorgesetzter noch gebrüllt.

Das alles hilft nicht viel weiter – oder ehrlich gesagt: gar nicht.

„Wenn du keinen engen Kontakt zu der Kleinen von der Pathologie bekommst und auch aus Frau Asche nichts herausbringen kannst, können wir wahrscheinlich den Fall nicht lösen", sag ich zu Heinrich, und er nickt mit traurigem Gesicht. „Ich bin ja noch an der Frau von der Pathologie dran", meint er, „vielleicht klappt es doch noch." - Ich aber denke schon über Plan B nach: Was ist denn wichtiger? Dass wir den Fall lösen - falls es nicht überraschender Weise vorher der Polizei gelingt – oder dass ich eine gute, nein sehr gute Story schreibe? - Falls meine Intuition noch richtig funktioniert, kann ich eine spannende Lösung des Falls erfinden. Die muss nicht unbedingt mit den Ergebnissen der polizeilichen Ermittlungen übereinstimmen. Wenn es nicht gelingen sollte, auch deren Quellen anzuzapfen, denke ich mir die Fakten eben selbst aus. Auf Heinrich allein werde ich mich schließlich nicht verlassen können.

Das erkläre ich Heinrich und ermahne ihn: „Hör dich weiter um!"

Da fällt mir noch eine Informationsquelle ein. Die könnte ich am nächsten Morgen anzapfen.

Dienstags habe ich die erste Stunde frei. Das heißt, dass ich nicht pünktlich um acht in eine Klasse gehen muss. Den Unterrichtsbeginn nehme ich schon genau, komme nicht grundsätzlich fünf Minuten oder mehr zu spät wie – ich will keine Namen nennen – es soll so etwas geben, habe ich gehört (und gesehen).

Aber ich kann davon ausgehen, dass Gerlinde Schweiger, Lehrerin für Sport und Religion, die wie ich dienstags die erste Stunde frei hat, schon früh, sehr früh im Lehrerzimmer sein wird, um ihre privaten – oder sagen wir mal – seelsorgerischen Telefonate zu erledigen. Oft habe ich die Blockade des Diensttelefons mit einem Ohr gelassen und manchmal amüsiert verfolgt, wenn bei Bekannten die neusten Fakten und Gerüchte aus der Gemeinde abgefragt wurden. Die Lautstärke ihrer Äußerungen vom lauten „ist nicht wahr" bis zum gezischelten „kann doch nicht möglich sein" zeigten dabei jeweils den von ihr festgestellten Verwerflichkeitsgrad des geschilderten Vergehens.

Morgen will ich sie nach ihrer fundierten Beurteilung fragen und eventuell sich daraus ergebenen Telefonaten lauschen, die über den Beginn der ersten Stunde hinaus dauern könnten.

Unter uns: Dass Frau Schweiger in der Schule ihre eher privaten Gespräche vom Diensttelefon aus erledigt, hat nichts damit zu tun, dass sie Telefongebühren sparen will. Ihr Mann verwaltet seinen keinen Dienstleistungsbetrieb von seiner Wohnung aus und will die Leitung frei halten für wichtige Dinge.

7

Ja, Frau Schweiger hat ein Gerücht gehört. Da war etwas mit Gisbert und Carola Girsch. Vorsichtshalber konsultiert sie ihre wichtigsten Stellen – und in ihrem Gesicht erscheint ein süffisantes Lächeln, das mir zeigt, dass ich auf der richtigen Spur bin – Im letzten Jahr soll es beim Sommerfest des Kleingartenvereins Sonnenhöhe einen Fall von Vergiftung gegeben haben. Jemand hatte offensichtlich in den Salat von grünen Tomaten auch eine Frucht der Kartoffel, also eine Kartoffelbeere gemischt. Gisbert

Girsch habe so lange gekotzt, bis sein Gesicht so grün war wie der Salat.

Aus dem Biologieunterricht sollte jeder wissen: Tomaten und Kartoffeln sind Nachtschattengewächse. Aus den Blüten der Kartoffeln entsteht kleine grüne Früchte. Die sind sehr giftig und sehen innen und außen wie unreife Tomaten aus.

Auch kann Frau Schweiger berichten, die Ehe der Girschs sei offensichtlich nicht ganz im Sinne der Kirche geführt worden: Beide seien wahrscheinlich gelegentlich außerehelich orientiert gewesen.

Und was weiß man sonst noch über Herrn Girsch? Frau Schweiger schweigt und zuckt mit den Schultern. In den morgendlichen Gerüchte-Tausch-Telefon-Konferenzen ist er – abgesehen von der Kotzerei im Kleingarten - noch nie explizit genannt worden. Aber wer weiß? Stille Wasser gründen tief!

Jetzt muss ich aber in die 6c. Die bekommt eine Aufgabe aus dem Sprachbuch, und ich kann erst einmal in Ruhe nachdenken.

Mittags teile ich Heinrich mein Ergebnis mit: „Mein Instinkt sagt mir, dass es um Giftmord geht, und bei Giftmord ist mit 95%-iger Sicherheit eine Frau im Spiel!" - „Nein, hundert Prozent", sagt Heinrich, „und sie liegt im Kühlfach in der Pathologie!" - „Lass die blöden Scherze", fahre ich fort, „der Schlüssel zur Lösung liegt im Kleingartenverein. Wir müssen wissen, was die säen und pflanzen. Und jetzt im Januar ist da tote Hose. Wir können nicht jeden beiläufig fragen, welche Giftpflanzen er anzubauen pflegt und welche Gifte er in seiner Sammlung hat gegen Schnecken, Läuse, Mäuse und noch größere Säugetiere. Die Jahreszeit ist zu ungünstig für die Recherche. Wir haben einfach den falsche Startpunkt für das Buch.

Ich schreibe den Anfang neu! Beginn 1. Mai.

Dann wächst alles wie wild, und wir können die Beete im Kleingarten selbst unauffällig in Augenschein nehmen. Außerdem ist uns dann nicht so kalt, wenn wir bei der Leiche auf die Polizei warten. Ein Riesenproblem ist zudem gelöst, weil du beim Tanz in den Mai das Vertrauen deiner Freundin vom Leichenschauhaus zurückgewonnen hast und die Informationen zur Todesursache ungehindert fließen."

„O.k.", meint Heinrich, „Alles neu macht der Mai. Das wird die Aufklärung des Falles erleichtern. Ich habe zur Zeit für meine Detektei genügend Aufträge, da musst du dich mit dem Mord nicht unnötig beeilen. - Aber mal eine Frage zu dir: Dauernd liegst du mir in den Ohren mit deiner fürchterlich umfangreichen Schreibtischarbeit: Unterrichtsvorbereitung, Korrekturen von Tests und Klassenarbeiten, Protokolle von Konferenzen und so weiter, und so weiter. Warum bist du eigentlich so wild darauf, diesen Krimi zu schreiben? Der geringe Erfolg des ersten müsste dir doch gereicht haben!"

„Den geringen Erfolg hat mir mein Verleger oder Ex-Verleger eingebrockt. Wie das Schicksal es will, ist die Frau von der Autovermietung unangenehm früh verstorben, ehe ich mich in der versprochenen Art an ihr rächen konnte. Da kommt mir jetzt dieser Hinterhof-Bücher-Macher als Ersatz gerade recht, um ihm ein hässliches Denkmal zu setzen. Willibald Wanst heißt er, ist aber ein drahtiger Wicht, hat den fanatischen Blick der Leute, die mit Extremsport wie Nordic Walking oder Sitzfußball ihre Gesundheit optimieren wollen. Bis heute gibt es keinen Vertrag zwischen mir und seinem Verlag. Als ich auf einen Autorenvertrag bestanden habe, hat mir dieser Wanst statt dessen 12 Exemplare des fertig gedruckten – also illegal hergestellten Buches zugeschickt.

Er hat wohl gemeint, mit diesem „Honorar" seien alle Rechte an ihn abgetreten. Meine Einschreiben hat er bis auf eines nicht beantwortet, keine Auskunft gegeben über Auflage und Verkaufszahlen. Da hatte ich keine Lust, mich mit Lesungen und anderen Aktivitäten für einen größeren Umsatz einzusetzen. Er hat mir geschrieben, er könne meine Aufregung nicht verstehen, schließlich sei es doch ein schönes Buch geworden."

„Warum hast du ihn nicht verklagt?" will Heinrich wissen. „Verklagt? Ich habe ihm in einem Einschreiben mit Rückschein untersagt, weitere Exemplare des Raubdrucks zu vertreiben. Mehr ist nicht drin. Eine Zivilklage würde ich bei der Sachlage gewinnen. Der ist pleite, habe ich mir von anderen Autoren des Verlages sagen lassen. Ich würde gewinnen, aber am Ende müsste ich die Prozesskosten tragen. Bin doch nicht blöd!" - „Und wenn er das hier liest und dich verklagt wegen übler Nachrede oder Verleumdung, dann trägst du auch die Kosten", meint Heinrich. „Guck mal vorne ins Buch", sage ich, „da steht, dass alle Personen und Handlungen frei erfunden sind. Wenn er beweisen will, dass er gemeint ist, müsste er zugeben, dass er mich betrogen hat. Das macht er nicht. Durchtrieben ist er, aber nicht blöd. -

Nun gut, ich will meine Wut abreagieren, doch merke: Zu allen Zeiten haben große Männer durch die Demonstration ihrer besonderen Fähigkeiten der Öffentlichkeit ihre Bedeutung gezeigt. Nero hat Rom abgefackelt, andere Herrscher haben gedichtet oder zur Laute gesungen. In der Renaissance schrieben alle, die auf sich hielten, Sonette, ein etwas kompliziertes Gedicht mit 14 Zeilen. Das war nicht viel Schreibarbeit, aber man musste dafür intellektuell gut ausgestattet sein. Heutzutage schreiben Hinz und Kunz Krimis, um sich zu präsentieren." - „Ach, deshalb schreibst du auch einen?" - „Ja, schließlich sollte es auch mal gut geschriebene Krimis geben!" - „Du bist eitel!" - „Eitle Menschen würden nie zugeben, dass sie eitel sind. Und ich bin wirklich nicht eitel!"

8

Also alles wieder auf Anfang:

Kapitel 1

„Hallo, mein Autor", begrüßt mich Heinrich, „da liegt eine Leiche für dich, noch ganz frisch. Du kannst also sofort mit deinem zweiten Krimi anfangen!" Darauf kann ich nicht antworten, ringe noch nach Luft. Schließlich hat mich sein Anruf erst vor 15 Minuten aus dem Schlaf gerissen. Und nach seinem Redeschwall, den ich erst allmählich begreifen konnte, habe ich mir Trainingshose und Jacke übergezogen, bin mit dem Auto bis zum Sportplatz gefahren und von da aus den steilen Wanderweg hoch gespurtet – eindeutig zu schnell für mein fortgeschrittenes Alter. Da also liegt die Leiche, quer über den Bach gefallen, direkt vor einem Büschel knallgelber Sumpfdotterblumen. Es sieht aus, als hielte sie einen Blumenstrauß in den Händen.

Immer noch schnappe ich nach Luft. Hatte mir den 1. Mai anders vorgestellt, zum Beispiel mit Ausschlafen. Jetzt aber gibt es Arbeit am Tag der Arbeit. Und das bei herrlichem Wetter, in würziger Frühlingsluft, dem Gezwitscher balzender Vögel, den prächtigen Blüten von Vergissmeinnicht und Goldlack, die ich im Vorbeilaufen in den Gärten unten am Weg gesehen habe. Der Flieder steht kurz vor der Blüte, Trollblume und Veilchen...

„Hör auf damit!" unterbricht mich Heinrich, der mir beim Schreiben über die Schulter geschaut hat. „Du willst doch wohl nicht den kompletten bisherigen Text auf Anfang Mai umschreiben und dabei alle Pflanzen aufzählen, die jetzt blühen. Gärtner sind nur ein Teil deiner Zielgruppe!

Außerdem: *Deine Leser sind intelligent und haben Humor.* Denen macht es nichts aus, wenn wir alles so stehen lassen. Wir befinden uns am Tag 2 nach dem ungeklärten Todesfall und dazu im Mai – basta! Übrigens geht es mit der Aufklärung voran. Ich habe mit Marie telefoniert." - „Wer ist das denn?" - „die Kleine von der Pathologie, die versöhnte Freundin. Ich hab sie angerufen, mich für den schönen Tanz in den Mai bedankt und gefragt, ob die Arbeit Fortschritte macht. Sie war zufrieden. Da habe ich gefragt, ob meine Vermutung stimmt, dass Carola Girsch erschossen wurde. - Nein, keine äußere Gewaltanwendung nachzuweisen, aber eine Vergiftung, Gift einer Pflanze, die der Pathologe nicht kennt, keine hier heimische Pflanze wie Eisenhut zum Beispiel. Er tippt auf eine Art aus der Familie der Asteracea. So etwas ähnliches wie Kunigundenkraut. Er hat eine Probe an ein Toxikologisches Institut geschickt."

„Prima Recherche, Heinrich!" muss ich ihn ausnahmsweise ehrlich loben. Heinrich erklärt seine Theorie: „Zunächst sollten wir im Wald nach dem Besen suchen. Die Vergiftung hat sich die Hexe in der Walpurgisnacht bei der Party mit dem Beelzebub auf dem Blocksberg zugezogen. Der Absturz auf dem Rückweg ist die logische Folge!" Heinrich wird mir etwas zu übermütig. „Da müsste sie aber vom Sturz Brüche und Schürfwunden haben", wende ich ein. „Hexen fallen immer weich", seufzt Heinrich und grinst mich an.

„Scherz bei Seite", komme ich wieder zur Sache, „wir müssen nur einen Unfall ausschließen können, und dann beginnt die Jagd auf den Mörder. Das bedeutet viel Arbeit beim Durchleuchten des Opfers und des Umfeldes. Wir müssen weiträumig befragen und observieren. Bei Erfolg finden wir dann auch jemanden, dem die Lösung des Falles so wichtig ist, dass er uns dafür ein paar Scheine zahlen will."

Wir machen uns direkt an die Arbeit. Ich lege einen neuen Ordner an und hole linierte Ringbuchblätter aus einem Ablagekorb. Meine Stichwörter für das Register trage ich auf dem ersten Trennblatt ein: 1 Sachrecherche – 2 Befragungen – 3 Infos aus zweiter Hand – 4 weitere Quellen – 5 Indizien – 6 Alibis – 7 Sonstiges. Inzwischen hat Heinrich den Rücken des Ordners beschriftet. Ohne mich zu fragen hat er die Akte „Hexenlandung" genannt. Na gut, als Deckname für unsere Aktion kann man das durchgehen lassen.

Bei „Sach-Recherchen" schreiben wir auf die erste Seite unsere Fragen: Von welcher Pflanze stammt das Gift? - Wer hat es besorgt? - Was wird im Kleingarten angebaut? - Gibt es dort Giftpflanzen? Gab es Streit im Kleingartenverein? Wer mit wem? Warum? Gerüchte darüber?

Gab es Streit in der Familie des Opfers? Wie sah das Testament der Eltern aus? (Erbengemeinschaft mit dem Bruder?) Wer ist jetzt der/die Begünstigte? Gab es Feinde außerhalb der Familie?

Weitere Recherchen-Ziele werden sich vielleicht noch ergeben. Mir fällt auf, dass Heinrich immer wieder kurz auf seine Armbanduhr schielt. Er möchte den Abend offensichtlich nicht weiter mit mir verbringen. „Was ist," frage ich, „hast du noch Termine?" - „Ja," sagt er, „Marie. Vielleicht weiß sie inzwischen mehr." - Gut, ich lasse ihn gehen. Junge Leute wie er haben doch nur flirten im Sinn an Abenden im Mai. - (Ach ja, damals!) Jetzt jedoch muss ein besonnener älterer Herr die soliden Grundlage einer Untersuchung selbst schaffen.

Mir brennt das Pflanzengift und seine Quelle auf den Nägeln. Ich fahre den Computer hoch. „Kunigundenkraut" heißt laut Wikipedia auch „Wasserhanf" oder „Wasserdost", „Eupatorium cannabinatum L." Nach diesem ersten Anhaltspunkt hole ich das dicke Handbuch „Giftpflanzen und Pflanzengifte" aus dem Regal, das nach botanischen Namen geordnet ist. Mein Fachlexikon gibt an, dass die in der Homöopathie bei Erkrankungen der Leber, Milz und Galle sowie bei grippalem Fieber verwendeten Inhaltsstoffe bei gewisser Dosierung im Test Mäuse getötet haben (Ich verkürze hier die Ausführungen) und der Gefährlichkeitsgrad mit „giftig +" eingestuft ist. Das ist nicht sehr viel im Vergleich mit Eibe ++ oder Tollkirsche mit der Höchstnote +++. Das Buch ist so dick, weil es in unserer Umgebung geradezu wimmelt mit Pflanzen der Note +. Da muss der Pathologe etwas mehr bieten als diesen doch ziemlich harmlosen Vertreter aus der Familie der Asteracea (Korbblütler), um das plötzliche Ableben der jungen Frau zu erklären.

Wasserdost war mir bekannt, eine dekorative Wildpflanze, laut Internet auch als Staude in Gärten zu finden. Wenn mich mein Bauchgefühl nicht im Stich lässt, ist mir der Name schon einmal in einem anderen Zusammenhang begegnet, einem merkwürdigen Zusammenhang, aber das Fünkchen Erinnerung will und will nicht zu einem Geistesblitz heranwachsen. Schade, vielleicht später einmal.

Im Internet gebe ich noch „Kleingartenverein Sonnenhöhe Aumecke" ein: Ein paar Bilder von der Anlage und vom Vorstand, Wegbeschreibung, kein Link zur Satzung. Auch die übrigen acht Vereine in Erloh haben ihre Satzung nicht ins Netz gestellt. Die Mustersatzung des Landesverbandes lade ich herunter und drucke sie aus, viel Papier, aber kein Hinweis auf Bestimmungen, die Vorschriften zur Pflege der Parzelle oder die erlaubten Pflanzen betreffen. Gerade das hätte mich interessiert.

Frustriert gehe ich zu Bett. Vor dem Einschlafen denke ich darüber nach, ob ich mich beim Vorstand melden soll als Interessent für ein Gartenparzelle. So könnte ich mich vielleicht auf der Sonnenhöhe unauffällig umsehen, ohne Verdacht zu erregen.

Nachts träume ich von der Siedlung Vautmecke. Dort will ich bei einem Kollegen ein Buch abholen und deshalb in der Nähe seiner Wohnung parken. Der Ortsteil wurde von einer Siedlergenossenschaft nach dem Krieg auf steilen Wiesen in einem Nebental der Erle – oft in Eigenleistung - gebaut mit Einfamilienhäusern und Ställen für Kleinvieh und genügend großen Gärten und Weiden. Heute sind die Grundstücke meist geteilt und mit einem zweiten Haus bebaut, und in den ehemaligen Ziegenställen wohnen jetzt Mieter. In dieser Siedlung gibt es – weil sie einem Dorf ähneln sollte – keine Bürgersteige. Aber der Zug der Zeit hat für Parkstreifen gesorgt. Einen davon will ich nutzen. Er erscheint aber nicht normgerecht sondern zu schmal zu sein. Offensichtlich ist die Thuja-Hecke daneben nach und nach in den öffentlichen Verkehrsraum eingedrungen. Deshalb versuche ich, ganz nahe an die Hecke heranzufahren. Da springt ein gut gekleideter junger Mann vor mein Auto und bedeutet mir, hier dürfe ich nicht parken, ich könnte sonst seine Hecke beschädigen. Ich steige aus und zeige ihm die eindeutig gültige Markierung des Parkstreifens. Die sei hier längst überholt, behauptet er. „Ich parke hier ein", beharre ich auf meinem Recht. Da schiebt er mein Auto seitlich auf die Straße. Das geht nur im Traum, fällt mir ein, gefällt mir trotzdem nicht. „Ich will sofort die Ortssatzung von Vautmecke sehen!", schreie ich ihn an, „ich bin sicher, dass darin nur Hecken aus heimischen Gehölzen erlaubt sind. Hinter der dichten Thuja-Hecke haben Sie mit Sicherheit etwas zu verbergen! Auch einer der Fußball-Weltmeister aus Bayern musste neulich seine Nadelholzhecke wegen Verstoßes gegen die Ortssatzung nach richterlicher Anordnung roden. Und wenn er als ein Prominenter, dazu noch in Bayern, eine Ortssatzung beachten musste, dann kann ich Sie hier in NRW erst recht dazu zwingen! Wer sind Sie eigentlich?" Er stellt sich vor: Carsten Siepmann. - Schweißgebadet wache ich auf. - Wieder eine geheime Botschaft des Unterbewusstseins?

9

Am Morgen lese ich nur oberflächlich die Zeitung. Kein Wort über den Todesfall Girsch. Die Presse ist noch nicht offiziell darüber informiert, schon gar nicht über den Obduktionsbericht oder hält auf Wunsch der Polizei dicht. Auf dem Weg zur Schule komme ich am Büro der Autovermietung vorbei. Ich wüsste gern was man dort intern über die verstorbene Kollegin redet. Dem verärgerten Kunden gegenüber wird man natürlich nur Gutes von ihr berichten.

Ich stehe vor der Klasse und kann mich nicht konzentrieren – also wieder Sprachbuch. Und in der zweiten Stunde Biologie: ein Arbeitsblatt aus meiner Notreserve.

Zu Beginn der großen Pause treffe ich den Kollegen Friedrich Knust. Er ist ausnahmsweise nicht unterwegs auf einem Lehrgang, um eine neue Sportart zur Einführung in den Unterricht zu erlernen. (Man möge entschuldigen, das ich meine Vorurteile so sorgfältig pflege. Die brauche ich, um verbal in privatem Kreis Frust abzulassen, damit ich anschließend wieder Menschen neutral und gerechter gegenüber treten kann.) - Ja, dieses Vorurteil gegen Sport und Sportlehrer. Andererseits hätte mir ein rechtzeitig unter sachkundiger Anleitung eingeübtes Lauftraining das Aufsuchen der Leiche im Wald erheblich, nahezu nachhaltig erleichtert...

„Haben Sie das schon gehört vom Tod der Carola Girsch?", fragt Herr Knust, „war die nicht damals in Ihrer Klasse?" - „Nein", sage ich, „sie hatte auch keinen Unterricht bei mir." - „Ach, ich dachte... Ja, Carola hat mit meiner Frau im Sandkasten gespielt. Karina war mit Carola und dem Bruder Carsten im Kindergarten. Richtig gute Freunde waren die. Schrecklich, wenn man jemanden persönlich kennt, und dann stirbt er so, so, man weiß gar nicht, wie es gekommen ist. So eine sportliche, gut trainierte Frau, fällt im Wald einfach um. Man sollte es nicht glauben. Karina hat den ganzen Tag geheult." „Ja, schrecklich", stimme ich zu. „Besonders, wenn man nicht weiß, wie es dazu gekommen ist", sagt er leise, „wir sollten noch einmal in Ruhe darüber reden." Diesmal habe ich nicht „Sport ist Mord" gesagt, und ich bin stolz darauf, dass ich mich habe beherrschen können.

Mittags haben sich die letzten Wolken verzogen. Es ist sehr warm geworden, fast windstill. Ideal für einen ersten Besuch in der Kleingartenanlage. Es werden einige Leute dort sein, vielleicht potentielle Interview-Partner, und wir fallen unter den Besuchern nicht so auf. Ich informiere mich noch schnell, auf welche Pflanzen wir besonders achten sollten. Auf Seite 27 im schlauen Buch ist die offizielle Liste der Giftpflanzen abgedruckt, die 1975 von der Bundesregierung veröffentlicht wurde. Aus der Tabelle schreibe ich mir schnell die 14 der schlimmsten mit der Giftklasse +++ heraus: Giftsumach, Lebensbaum, Sadebaum, Seidelbast, Zeder, Bilsenkraut, Eisenhut, Herbstzeitlose, Kartoffel, Schierling, Stechapfel, Tabak, Tollkirsche, Wasserschierling.
Davon erkenne ich sechs mit Sicherheit. Den Rest können wir unterwegs mit dem Handy fotografieren und die Bilder im Giftbuch suchen. Die restlichen Namen von meiner kleinen Liste geben wir im Zweifelsfall bei Wikipedia ein und vergleichen die Bilder mit den verdächtigen Pflanzen vor Ort. Lebensbaum ! Was sagt mir „Lebensbaum"? Das ist doch Thuja! Der sollte besser „Ablebens-Baum" heißen. Er ist mir wohl nicht aus purem Zufall in der letzten Nacht im Traum erschienen.
Heinrich kommt und sieht mein Handy. „Hast du schon die neue App für Giftmörder heruntergeladen?", fragt er und grinst unverschämt, „die soll „Toxitus" heißen, hab ich gehört." Auf sein Geschwätz gehe ich nicht ein und blase zum Aufbruch.

Unterwegs erzählt mein Detektiv, dass er sich eine Statistik angesehen hat über die Art, wie Männer ihre Frauen töten und Frauen ihre Männer. Allerdings war die aus den USA. Männer verwenden da zum Beispiel zu 74,5% Schusswaffen, 15,4% spitze Gegenstände und 0,17% Gift – Frauen entsprechend 63,5% Revolver und Gewehre, 32,3% Messer und ähnliches und nur 0,15% Gift. Von wegen: Frauen verwenden meistens Gift!" - „Die kennen das wahrscheinlich gar nicht", meine ich bemerken zu müssen, „sag mal in Gegenwart einer Amerikanerin das Wort „Gift", die hält das doch für ein Geschenk! - Ha ha, jetzt habe ich auch mal einen blöden Witz gemacht! - Deine Statistik ist für uns völlig wertlos. Schließlich liegen bei uns nicht überall Schusswaffen herum wie in den USA. Blümchen pflücken kann aber jeder."

Am Eingang zur „Sonnenhöhe" beim Vereinsheim werden wir gleich als Fremde erkannt und angesprochen: „Wollen Sie zum Runden Geburtstag? Der ist im Saal, zweite Tür rechts." „Nein antworte ich, mitfeiern wäre nicht schlecht, gibt sicher was Leckeres vom Grill, aber wir sind hier, weil ich an einer Gartenparzelle interessiert bin." „Ach Sie dachten, die von der Frau Girsch würde frei, jetzt wo sie tot ist? Möglich, könnte sein. Man weiß ja nicht, ob der Gisbert noch weiter machen will nach dem tragischen Todesfall, im Vorstand und auch im Garten. Der hat seit einiger Zeit Rücken. Aber hier hat noch keiner darüber gesprochen, wo sie noch nicht einmal unter der Erde ist! Fragen Sie mal den alte Georg Krause, was er mit seinem Garten machen will. Der hat schon ein paarmal gesagt, dass er keine Lust mehr hat." - „Wo treffe ich den?" - „Hier geradeaus und den vierten Weg links, ganz am Ende die letzte Parzelle rechts!" Wir bedanken uns und schreiten munter voran. Das mit dem Vermieten des Vereinshauses für private Feiern ist eine heikle Angelegenheit. Sie bringt der „Sonnenhöhe" sicher eine gute Einnahme. Wie legal es aber ist, dass Vereinsmitglieder die Bewirtung – oft zu günstigen Preisen - übernehmen, bleibt umstritten. Gemeinnützigkeit hin oder her: Der Vorsitzende vom Wirte-Verein Erloh hat sich schon mehrmals in der Presse über die quasi gewerbliche Konkurrenz der Vereine beschwert und gefragt, wie lange das Finanzamt mit einer Überprüfung noch warten will. Ich habe schon die Schlagzeile im „Erloher Bürgerblatt" vor Augen: *Schattenwirtschaft auf der Sonnenhöhe.*

Während ich über Einnahmequellen und den Großmut der Behörden nachdenke, hat Heinrich anderes im Blick, denn er verlangsamt deutlich seine Schritte. Auf der Terrasse der Gartenhütte schräg vor uns liegt in einem Liegestuhl eine junge Frau im Bikini ausgestreckt, wohlgeformt wie – nun, ich bin nun mal ein anderer Jahrgang als Heinrich – wie die Bronze-Skulptur vor dem Altersheim in Erloh, die sich nackt, aber mit Sonnenhut und hochhackigen Schuhen an den wohl zierlichen Füßen über einen runden Bistro-Tisch beugt, um ein Buch zu lesen. (Mit Buch ist das seriöser als ohne.)

Heinrich seufzt und bleibt stehen. In den Anblick versunken flüstert er: „Endlich etwas Erotik in diesem Buch. Viel zu lange haben die Leser darauf warten müssen."

Ob der Spinner bemerkt hat, dass er nicht der einzige ist, der sich an dem Anblick berauscht? An drei Seiten des Grundstücks der Schönen wird Rasen gemäht. Die jungen Gärtner haben ihre Mäher vorübergehend abgestellt und die Grasfangkörbe in Grenznähe an den Komposthaufen entleert. Sie stehen jetzt am Zaun, betrachten den dort vor seiner Besitzerin kreisenden Mäh-Roboter und begutachten beider Bewegungen und Design. Ich höre Gesprächsfetzen mit Vermutungen über Motorkraft, Schnittbreite und Körbchen-Größe.

Mir scheint dieser Roboter ein Symbol zu sein für den rastlosen Gärtner. Er muss fast täglich – von Sonnenwärme und Regen getrieben – von Beet zu Beet eilen, dort den Boden lockern und Pflanzen verstümmeln oder vernichten, damit die gewünschte Höhe und Zusammensetzung der Vegetation erreicht oder erhalten wird. - Ja, gärtnern bedeutet ausmerzen!

Einige Zeit sehe ich als gereifter Beobachter dem Treiben der hormongesteuerten jüngeren Generation zu, bis es mir gelingt, Heinrich mit der Bemerkung „Es gibt auch noch Marie" zum Weitergehen zu bewegen.

Georg Krause hat uns schon kommen gesehen, auch den Aufenthalt an der besagten Parzelle. Personenbeschreibung liegt mir nicht, so viel kann ich aber über ihn sagen: wettergebräuntes, faltiges Gesicht, missmutiger Blickt, leicht depressiv, Alter zwischen Rente und 75. Unser Erscheinen macht ihn nicht gerade fröhlich. Seine Parzelle? Können wir bald haben. Einen kräftigen Sohn für die schweren Arbeiten sieht er ja an meiner Seite. Heinrich verzieht keine Miene. Müsste in nächster Zeit einiges hier im Garten getan werden. Will er sich selbst nicht mehr zumuten. Käme darauf an, was ich zu zahlen bereit bin für alles, inklusive Wochenendhaus. Das ist super eingerichtet mit allem hochwertigen Inventar. Dabei verschweigt er, dass darin nur eine reglementierte Zahl von Übernachtungen laut Gesetz und Satzung erlaubt sind. Und – jetzt kommt er doch darauf zu sprechen: Diese Übernachtungen rund herum haben es wohl in sich! Der ganze Laden hier stinkt ihm allmählich. Nach dem Tod seiner Frau vor drei Jahren hat er sich hier einen Halt unter Freunden erhofft. Alle Gründungsmitglieder sind ihm aber weggestorben oder leben im Altersheim. Keiner kümmert sich mehr um ihn, ihn, den ersten Parzellen-Inhaber der Vereinsgeschichte. Statt dessen hin-und her-vögeln in allen Hütten. Sodom und Gomorrha: „Auch im Vorstand fressen fast alle unter dem Zaun, nein eine von denen jetzt nicht mehr!" Wir vereinbaren einen Termin, um über eine mögliche Übergabe oder Pacht zu sprechen.

Auf dem Rückweg fragt Heinrich: „Unter dem Zaun fressen – was ist das denn?" Das kann nur jemand fragen, der noch nicht aufgeklärt ist. „Ziegen, Schafe Kühe und ähnliches Getier sehen beim Grasen auf der Weide, dass hinter dem Zaun viel höheres Gras wächst, viel schönere Kräuter wachsen. Deshalb strecken sie den Hals unter dem Zaun durch, um dort zu fressen. Im Sauerland bedeutet der Begriff, dass jemand in der Partnerschaft eines anderen wildert. Er nickt, das hat er jetzt begriffen. Und das da mit Sodom und Gemäuer? Das ist eine Story aus der Bibel. Da geht es um wilde sexuelle Exzesse, oder auch nicht, je nach Übersetzung. Sodomie? Schon gehört? Unzucht mit Tieren. Könnte ja sein, dass es hier der eine oder andere mit jeder Zicke im Verein treibt!"

„Wenn der Mord damit zusammenhängt, müssen wir mit weiteren Toten rechnen", meint Heinrich. „Glaub ich nicht", sag ich, „der alte Krause übertreibt, vielleicht weil er neidisch ist. Sodom und Gomorrha gibt es bei uns nicht. Der Sauerländer ist beim Morden so bodenständig wie die Kleingärtner. Der verfällt nicht in einen Blutrausch, wie man es eher den Rheinländern zutraut. Bei uns wird der Erzfeind bedächtig und handwerklich ordentlich umgebracht. Zu Serien kommt es nur, wenn bei der ersten Tötung zu schlampig gearbeitet wurde und deshalb aus organisatorischen Gründen Zeugen oder Mitwisser beseitigt werden müssen. Im Normalfall werden keine groben Fehler gemacht. Da muss sich der Ermittler mit den schwer erkennbaren Feinheiten abmühen."

Krause hat uns beschrieben, wo wir den Girsch-Garten finden. So unauffällig wie möglich sehen wir uns dort um. Wenn ich zum Vergleich die anderen Parzellen heranziehe, sieht eine Ecke am Gartenhaus mit einer optisch ungewöhnlichen Mischung von Bäumchen, Sträuchern und Stauden weniger geordnet aus als zu erwarten gewesen wäre. Und schon erkenne ich einige Vertreter von meiner Liste. Nach und nach gebe ich die anderen Namen ein und vergleiche Pflanzen mit dem Bildmaterial. Drei weitere kann ich beim momentanen Wachstumsstand auch noch identifizieren, zusätzlich Maiglöckchen, Fingerhut und Goldregen. Hinter die haben die Bundesbeamten keine drei Kreuze gemacht, obwohl sie von den Fachleuten entsprechend eingestuft werden. Carola Girsch scheint mir besser informiert gewesen zu sein als die Verwaltungsfachkräfte. Gerade will ich Heinrich im Beet an der Blattform den Unterschied zwischen Bärlauch und Maiglöckchen zeigen, da starrt der schon wieder in eine andere Richtung. Aha, da ist der nächste Bikini nebst Inhalt zu bestaunen. (Auf der Fensterbank des Häuschens der Verstorben ist übrigens ein Fernglas zu sehen).

Endlich hat sich Heinrich satt gesehen und ist bereit für den Rückweg. Unterwegs frage ich ihn: „Hast du etwas über einen Vaginal-Abstrich erfahren? Wäre wichtig zu wissen, wer als letzter Carolas kleines Gärtchen bearbeitet hat." - „Weiß nicht, frage gleich Marie", murmelt mein ungemein agiler Detektiv, und dann noch: „Kennst du die neuen Warnhinweise auf Kondompackungen? Nein? - *Kondome können polizeiliche Ermittlungen behindern.*"

10

Das habe ich Heinrich nicht zugetraut, Kompliment, er kann zu einem Spitzendetektiv heranreifen. Nach einem Vormittag mit gut vorbereiteten und durchgeführten Unterrichtseinheiten zufrieden aus der Schule zurückgekehrt, sehe ich Heinrich schon vor meiner Haustür stehen. Er ist den ganzen Vormittag zielstrebig unterwegs gewesen - trotz eines kurzfristigen Rückfalls des

Wetters in Gepflogenheiten des Vormonats. Auf meinem Schreibtisch breitet er Papiere aus und berichtet:

Bei Carola Girsch war nichts mit Bumsen kurz vor dem Tod. Das verwundert etwas bei ihrem Ruf, aber es gibt Zeugen, die berichten, dass sie am 29. April wegen Unwohlsein das Freitags-Treffen kreativer Frauen im Café Mütze abgesagt hat. Am 30. hat sie mittags definitiv mehreren Freundinnen mitgeteilt, dass sich ihr Zustand verschlimmert hat und sie deshalb nicht zum traditionellen Tanz in den Mai in der Stadthalle Aumecke kommen kann. Dort wurde sie auch weder abends noch nachts gesehen.

Am 29. hat sie im Schreibwarenladen Hirschfeld rote Aquarellfarbe gekauft für den Malkurs am nächsten Dienstag. Den macht sie in Hörste bei „Ton-Tine", der Inhaberin vom „Erlebnis-Institut für Töpfern, Stricken und Malen". Sie steht auf Rot, braucht es viel für ihre Blumenbilder. Die „Modelle" dafür bringt sie oft aus ihrem Garten mit. (Diesen Farb-Block hatte sie bei ihrem Dahinscheiden noch in der Manteltasche). Der Wille, am Malkurs weiter teilzunehmen, spricht entschieden gegen die vage Möglichkeit eines Selbstmordes.

In der Autovermietung sei es zur ersten Abmahnung für sie gekommen und ihrem Versprechen, bei Komplikationen mit dem System eine zeitnahe Lösung anzustreben.

Gisbert, ihr Mann, würde sich von ihr und gelegentlich auch von anderen Frauen auf Verlangen auspeitschen lassen, sagt man. Das ist aber eher unter Gerücht mit fraglichem Wahrheitsgehalt einzustufen. Eher zu glauben ist die Vermutung, dass es bei einer Kreditvergabe an den Schwager zu Komplikationen gekommen sein könnte.

Bei der Erbengemeinschaft von Carola und ihrem Bruder Carsten (also richtig vermutet!) sind die Interessen der direkt oder indirekt Beteiligten noch nicht klar zu beurteilen. Die Hinweise sind zu widersprüchlich. Wahrscheinlich aber hat Carola ihren Bruder bedrängt, das Anwesen zu verkaufen und ihren Anteil auszuzahlen. Als Alternative soll die Teilung des Grundstücks mit Bebauung der Weide genannt worden sein. Dann hätte Carsten aber wegen fehlender Fläche die Ziegenzucht aufgeben müssen. Wie weit das wieder mit einem Kredit von Gisberts Gnaden zu tun hat, bleibt vorläufig offen.

Die Zuneigung zu Carstens Sandkasten-Freundin Karina — jetzt Gattin meines Kollegen Knust - ist nach der Kindergartenzeit nicht versandet. Innige Verbundenheit in der Schulzeit und Bettgemeinschaft danach werden von glaubwürdigen Zeugen beschworen. Dann hat sie aber abgetrieben, auf dem zweiten Bildungsweg das Abitur nachgeholt und ist Sozialpädagogin geworden. Sie soll trotz ihrer Ehe ihre erste Liebe nicht ganz vergessen haben. Schließlich ist ihr Gatte — im Einklang mit den Vorurteilen des Autors — sehr oft unterwegs auf mehrtägigen Lehrgängen für Sportlehrer, um dort gemeinsam mit wohl trainierten, jungen Kolleginnen neue Sportarten zu lernen — oder bekannte zu praktizieren. (Vorurteile können einfach schön sein!)

Mehr hat Heinrich — so sagt er — an diesem Vormittag nicht geschafft und möchte am Nachmittag etwas weniger hektisch ermitteln, vielleicht etwas Zeit finden für seine süße Freundin.

Ich trage ihm auf, sich etwas in der Nachbarschaft des Ziegenzüchters umzusehen. Er nickt mit leicht saurer Mine und bewegt sich eilig zur Tür.

Auch wenn er sich genau so emsig am Vormittag bewegt haben sollte, wie er erzählt, regt sich in meinem Großhirn leise ein Verdacht. Hat er alle vorgetragenen Ergebnisse in so kurzer Zeit real ermitteln können? Vielleicht hat er nur eine einzige Person befragt. Lügt er mir schlichtweg etwas vor? Hält er das für eine lässliche Sünde? Denn bei einem Krimi kommt es im Endeffekt doch nicht auf das korrekte Ergebnis an, sondern auf den Unterhaltungswert für den Leser.

Vorläufig will ich ihm glauben, weil ich sonst die Folgen fürchten müsste.

Später frage ich nicht weiter nach den Einzelheiten. Ich lasse ihn Fakten, Gerüchte und die Quellen dazu selbst in den Ordner eintragen. Mir reichen die Ergebnisse. Schließlich muss ich mich wieder mehr auf die Vorbereitung meiner Unterrichtsstunden konzentrieren als an den letzten Tagen.

11

Heute bin ich beim Schreiben nüchtern.

Ich muss hier mal in aller Offenheit bekennen, welche schrecklichen Folgen Nüchternheit beim Schreiben eines Buches haben kann: Nüchternes Schreiben ergibt Texte, die in ihrer nüchternen Sachlichkeit zu nüchtern sind, um spannend oder sonst interessant sein zu können.

Nüchtern betrachtet ist es doch so, dass der nüchtern Schreibende sich nur auf nachweisliche Fakten bezieht, die für den Leser eine Zumutung sind, falls der nicht aus beruflichen Gründen zur Kenntnisnahme des Textes verurteilt ist. Der Unterhaltungswert einer Geschichte hängt - nüchtern betrachtet – davon ab, ob es zu Ereignissen kommt, die einen Leser in ihrer fantastischen Ausgestaltung überraschen – was allerdings nur oder fast nur erreicht werden kann, wenn das flüssige Formulieren mit der Einnahme beflügelnder Getränke korrespondiert.

Ein Autor im Sauerland, der unterhaltsame Texte schreiben will, ist geradezu zwangsweise zur Einnahme von Erloher Pils in geeigneter Menge angewiesen, um hinreichend amüsante Wortkombinationen und Fakten erfinden zu können. Nun ist aber leider diese Quelle Sauerländer Beredsamkeit inzwischen versiegt.

Die Brauerei wurde geschlossen. Die letzten Flaschen meiner Notreserve habe ich aus Gründen meines schriftstellerischen Bemühens in entsprechender Dosierung meinem Körper zugeführt.

Was also tun? Den Roman aufgeben? Nein! Ich werde auf 3-Liter-Weißwein-Kartons der Firma Aldi-Nord umstellen. Bei dem Preis-Leistungs-Verhältnis dieses Getränks könnte ich die Produktionskosten für das Buch in einem Rahmen halten, der eine Vermarktung im mittleren Preissegment noch möglich macht.

Auch lässt sich Wein aus dem Schlauch schneller zapfen. Das ist einfacher als das Gehampel mit den Kronkorken und das Warten, bis der Schaum sich beruhigt. Dadurch wird viel Zeit gespart. Allerdings ist dieser Wein nicht immer lieferbar. So stehe ich jetzt vor der Entscheidung, ob ich das Buch ganz schnell zu Ende schreibe (also meine beruflichen Pflichten ein wenig vernachlässige) bevor der letzte Karton einer fremden Kehle zugeführt wird, oder ob ich in größerem Rahmen in unterschiedlichen Filialen jeweils das Getränk in haushaltsüblichen Mengen aufkaufe. Dazu müsste ich entscheiden, ob ich unter Umständen zur Finanzierung meiner Ermittlung und der Schreibarbeit das Buch zur Subskription ausschreiben sollte.

Liebe Leser, ich verspreche, dass die Rasanz der Handlung und ihrer exzellenten Beschreibung nach diesen Maßnahmen zunehmen wird - falls ich nicht irre.

Bevor ich den Fall Carola Girsch weiter bearbeite, muss ich etwas zur Erläuterung nachtragen:

Ein inzwischen arrivierter deutscher Autor, den ich vor Jahren in meine bescheidene Hütte zum Abendessen eingeladen hatte, wollte zum Lamm lieber Wasser als Rotwein trinken. Auf die Frage nach dem Grund diese Abstinenz antwortete er, er habe den gerade in Arbeit genommenen Roman nüchtern begonnen und müsse ihn also auch nüchtern beenden. Er werde sich um 22 Uhr verabschieden müssen, weil er ab dann mehrere Stunden in der Nacht zu schreiben gewohnt sei. Mit Alkohol würde sich die Schreibsituation verändern und das Gesamt-Stimmungsbild des Buches verfälscht.

Daraus habe ich gelernt und mir erst richtig einen zur Brust genommen, bevor ich den ersten Buchstaben dieses Manuskriptes gesucht und mit dem Zeigefinger meiner rechten Hand getroffen habe.

12

Jetzt aber weiter im Text:

Ja wie geht es weiter? Lasse ich mir von Heinrich die von ihm individuell bewerteten Ergebnisse seiner Recherchen vortragen, oder gehe ich selbst mit auf die Pirsch, um ihn unter Kontrolle zu halten? Dann hätte er keine Chance, mir aus Faulheit erfundene Fakten und Vermutungen zu präsentieren. Falls ich aber selbst mitginge, müsste ich für den erwartungsvollen Leser alle näheren Umstände beschreiben und aufschreiben, unter denen wir ein Ergebnis erzielen konnten. Ich müsste beschreiben, was ich sehe und höre, welche Ahnungen ich dabei habe. Ich müsste wörtlich die Gespräche wiedergeben, damit der Leser eine Chance hat, seine eigenen Schlüsse zu ziehen oder Vermutungen zu erhärten. Das erfordert natürlich sehr viel mehr Aufwand, als dem Wort des Detektivs direkt Glauben zu schenken. Wenn ich alles ungeprüft als Fakten anerkenne, ist es für mich weniger Schreibarbeit.

Das sind meine Überlegungen am Abend nach vollbrachtem Tagwerk, das heißt: Vorbereitungen auf den Unterricht morgen.

Vielleicht könnte der nächste Traum helfen. Und so lege ich mich nach dem Abendessen und einem Trunk aus dem Weinglas entspannt und erwartungsvoll zur Ruhe.

Zunächst verdichtet sich Nebel, dann klart es auf. Ich habe bei Carsten Siepmann geschellt, um ihn unauffällig zu befragen. Als er die Tür öffnet, frage ich mit Blick auf seinen Garten, warum sein Teich rot ist. Er sagt, dass das nicht sein Teich ist, sondern sein Vulkan. Vor ein paar Tagen ist die Erde aufgebrochen, und da brodelt jetzt Lava. Ob das nicht gefährlich sei, will ich wissen, ob er nicht wegziehen müsse. Zumindest würde ich Eiswürfel hineinwerfen, um ihn ruhig zu halten. Nein, sagt er, wenn es zu stark brodelt, kippt er etwas Zuschlag hinein, Kalk und andere Mineralstoffe. Das macht man ja auch bei Hochöfen. Den Sack mit der Mischung für kleine Vulkane hat er beim Landhandel Lorenz gekauft, auch die Vulkandochte. Wenn die Magma zu hoch steigt, steckt er einen hinein und brennt entsprechend etwas herunter. Tolle Gartenbeleuchtung ist das. Der Vulkan spart auch Heizkosten. Nur musste er den Gartenteich daneben auf Warmwasserfische umstellen. Auch wollen seine Ziegen dort nicht mehr trinken. Er musste eine neue Tränke einrichten an der sumpfigen Stelle, wo der Wasserdost steht.

Ich wache auf. Träume können unterhaltsam, aber auch fürchterlich anstrengend sein. Was soll zum Beispiel dieser bedeuten? - Da brodelt etwas. Das ist nur mit Hilfsmitteln unter Kontrolle zu halten. Das ist verständlich, aber welche Rolle haben Ziegen und Wasserdost?

Am Morgen entschließe ich mich, das alles erst beiseite zu schieben. Denn ohne Fantasie oder besondere Sachkenntnis ist nicht mit einer schnellen Lösungen solcher Probleme zu rechnen. In der Zeitung steht nichts. Zumindest nichts Erfreuliches: Bayern München hat gewonnen und die „Erloh Broilers" verloren. Der Fall Girsch wird nicht erwähnt, weil er offiziell kein Fall ist. Heinrich muss unbedingt herausfinden, was Frau Asche inzwischen weiß und ob die Ermittlungen nicht schon eingestellt worden sind. Schließlich war Carola Girsch keine beliebte Prominente, nicht einmal in unserem kleinen Gemeinwesen. Offizielles öffentliches Interesse ist deshalb kaum zu erwarten und komplizierte Nachforschungen bei der mageren Ausgangsbasis erst recht nicht.

In der 4. Stunde Biologie Klasse 5: Haustier Rind, Wiederkäuer. Da habe ich eine Erleuchtung: „Milchkrankheit", das war es, was mir seit Tagen nicht ins Gedächtnis und auf die Zunge kommen wollte, „Runzeliger Wasserdost"! - Das war es, was ich vor Monaten gehört oder gelesen habe in einem tödlichen Zusammenhang mit Kühen.

Zu Hause greife ich zum Giftlexikon: kein Eintrag, weil diese Pflanze in Europa nicht vorkommt, zumindest nicht 1994, als die 4. Auflage gedruckt wurde. Im Internet existiert sie als Zierpflanze, die man bestellen kann als „Eupatorium ragosum"- Von Gift ist da keine Rede. Das ist für mich verständlich. Fast alle gut aussehenden Pflanzen in unseren Gärten sind mehr oder weniger giftig. Wer seine Kinder davor schützen möchte, sollte lieber seinen Garten betonieren.

Aus dem Internet erfahre ich nach langem Suchen, dass die Pflanze offiziell auch „Ageratina altissima" heißen kann, aber unter diesem Namen in Europa nicht erhältlich ist. Und nach noch längerem Suchen stoße ich auf den Hinweis „Die Pflanze ist giftig und hat unter den europäischen Einwanderern in Nordamerika durch vergiftete Kuhmilch zahlreiche Todesopfer gefordert". Offensichtlich hatten die Kühe das Kraut gefressen und das darin enthaltene Gift gut vertragen. Dieses reicherte sich in der Milch an und tötete dadurch Menschen. (Waren die Indianer immun gegen das Gift? Oder hatten die bloß keine Kühe?)

Merkwürdig das Ganze. Die Erstvermutung des Pathologen stimmt mit der Angabe „Asteraceae" und auch halbwegs mit „Kunigunden-kraut" überein. Mehr aber noch nicht.

Vielleicht funktioniert das Vergiften eines unliebsamen Mitmenschen ebenfalls nach einer abgewandelten Methode. Ziegen sind Wiederkäuer wie die Kühe. Da könnte es doch möglich sein, dass sie runzeligen Wasserdost fressen können, ohne selbst Schaden zu nehmen. Der Mörder/die Mörderin hat zu diesem Zweck die Pflanze angebaut, weil er/sie die Möglichkeit kennt. Dem Opfer wird die Milch zum Trinken gereicht, was sein Ende bedeutet. Der Tod tritt nicht umgehend ein, wodurch das Entfernen der Leiche vom Tatort entfällt. Tat-Ort und Tot-Ort stimmen praktischer Weise nicht überein.

Wenn das alles stimmt, bekommt mein Krimi ein Alleinstellungsmerkmal durch die Todesart „Mord durch Ziegen-Milchkrankheit".

Ich schreibe eine Mail an einen guten Bekannten. Der ist Tierarzt und schon lange im Geschäft. Erst hat er Kühe und Pferde behandelt, dann ist er auf den Hund gekommen und auf die Katze und aufs Meerschweinchen und so weiter. Er praktiziert inzwischen in einer Großstadt, wo man bei Tier und Besitzer nicht immer sofort erkennen kann, wer von beiden behandlungsbedürftiger ist. Aber meines Wissens hat er das immer gut geregelt bekommen. Vielleicht weiß er näheres über die Milchkrankheit.

Seine Antwort ist kurz. Davon hat er noch nichts gehört. Er wird der Sache aber umgehend nachgehen. Ich wette, dass seine Auskunft früh genug kommen wir, um die Ermittlungen vorantreiben zu können.

Wenn wir davon ausgehen, dass der runzelige Wasserdost aufgrund des Klimawandels in diesem Jahr nicht erst im Juli blüht, also früher als im Stauden-Katalog angegeben, dann wird man ihn im Mai vielleicht wenigstens schon an Blätter oder Blütenknospen erkennen können. Wir werden seine Existenz im Girsch-Garten oder an Siepmanns Ziegen-Tränke verifizieren oder ausschließen!

13

Oh, die geheimnisvolle Zahl Dreizehn, die Superzahl aller Abergläubischen! Sie wird mit diesem Abschnitt unausweichlich erreicht und könnte ein böses Omen sein!

Natürlich hätte ich die Dreizehn überspringen und das Kapitel als Nr. 14 bezeichnen können. Dann würden die Käufer in die Buchläden laufen, um den Umtausch ihrer „Mängelexemplare" gegen „vollständige" Bücher zu verlangen. Und ein Abschnitt „12a" wäre schlichtweg lächerlich!

Also stehe ich zur „13". Im Krimi muss man eben den Gefahren unerschrocken ins Auge sehen. Ob das schreckliche Omen Unheil für den Autor oder für den Mörder bedeutet? Es ist noch nicht entschieden.

Wie dem auch sei, von Carola Girsch haben wir eine gewisse Vorstellung. Ihr Mann, sie und ihr Bruder könnten alle den runzeligen Wasserdost haben oder gehabt haben, die Ziegen aber nur Carsten. Über ihn wissen wir noch fast gar nichts, zumindest nichts Konkretes. Zur Vorbereitung des Besuches komme ich noch einmal auf meinen Traum zurück. „Thuja" ist klar, „Vulkan" auch, die Bedeutung der Ziegen leider noch nicht.

Im „Lexikon der Symbole" aus dem Fourier Verlag wird bei „Ziege" nur der Bock erwähnt. Er erscheint den Hexen bei ihrer Versammlung als „Herr des Sabbat". (So wird es dann wohl vor ein paar Tagen in der Walpurgisnacht gewesen sein. Ob Carola dabei war?) - Und „Ein Bock im Stall schützt nach deutschem Volksglauben die Sippe vor allen bösen Mächten." - In alten Zeiten scheint   für die Menschen die Furcht vor unheimlichen Mächten größer gewesen zu sein als das von uns   heute eher wahrgenommene Geruchsproblem.

In meiner Jugend war der stinkende Ziegenbock des Dorfes zwei Kilometer außerhalb der Bebauung beim „Ziegenpeter" untergestellt. Dieser arme Kötter war auf den Nebenverdienst angewiesen, denn Geld stinkt nicht. Meine älteren Brüder versuchten immer eine andere wichtige Aufgabe vorzutäuschen, wenn sie auf Anweisung des Vaters eine unserer Ziegen dort hin bringen   sollten, weil sie läufig, bockig, rollig war – oder wie heißt das bei Ziegen? - Wenn ich mich nicht täusche, wird der zulässige Aufenthaltsort eines Ziegenbockes heute im Emissions-Schutz-Gesetz geregelt.

Laut „Wörterbuch der Symbolik" von Manfred Lurker erscheint „Ziege" viel positiver als ich es erwartet habe: Der Bock repräsentiert da „das männlich-zeugende Prinzip" und die weibliche Ziege „den Bereich des Weiblich-Ernährenden". Zeus setzte sie dankbar als den Stern „Capella" an den Himmel, und ihr abgebrochenes Horn machte er zum Füllhorn.

Da kenne ich Ziegen aber anders! Ich bin mit Ziegen aufgewachsen. Das mit dem „Ernähren" glaube ich dem Lexikon. Aber Ziegen haben ständig etwas zu meckern, gehorchen nicht und verhalten sich auch sonst heimtückisch, ja teuflisch. Ständig lockern sie Drähte und brechen aus der Weide aus. Sie fressen alles an und provozieren den Zorn der Nachbarn, weil sie durch Ziegenverbiss deren Bäume und Sträucher schädigen. Besonders gern warten sie beim Melken, bis der Eimer fast voll ist. Dann stellen sie eines der mit Mist kontaminierten Hinterbeine blitzartig in das Milchgefäß - und so weiter und so weiter.

Ich hole Heinrich ab. Als er ins Auto steigt, fallen mir seine arg ausgebeulten Jacken- und Hosentaschen auf. „Was schleppst du alles mit?", will ich wissen, „Block und Bleistift reichen für eine Befragung." „Sicherheit geht vor", sagt er, „du hast den Block und ich alles notwendige Gerät." Was er mit „Gerät" meint, soll er mir näher erklären. Und er legt mir dar, dass eine Befragung sehr viel gefährlicher ist, als die meisten es sich vorstellen. Carsten könnte der Mörder sein und damit unberechenbar. Sollte er sich im eigenen Haus von zwei Ermittlern in die Enge getrieben fühlen, sei eine Katastrophe nicht auszuschließen. Wir sehen das doch immer wieder im „Tatort". Plötzlich zieht der Täter ein Messer und setzt es einem der Ermittler an den Hals. Und bei so einer Art von Geiselnahme muss der zweite, der die Pistole gezogen hat, wegen der zwingenden Vorschriften seiner Behörde, aufgeben und seine Waffe abgeben. Beide müssen ihre Handschellen und passenden Schlüssel herausrücken und werden gemeinsam an die Heizung, Gasleitung, den Zimmerspringbrunnen gefesselt– oder was sich sonst noch für diesen Zweck passendes findet. Dann sitzen sie da, bis man sie vermisst und nach entsprechend langer Suche zufällig entdeckt. Der Täter ist mit ihren Handys und Waffen längst über alle Berge.Willst du so ein Risiko wirklich eingehen?", fragt er, „bei uns läuft das wegen meiner Vorkehrungen anders. Dich hat er als Geisel genommen und meine Pistole kassiert. Während er dich bearbeitet, ziehe ich meine Zweitwaffe, und er ist Schachmatt. Alternativ habe ich auch noch den Zweitschlüssel für die Handschellen dabei. Das ist Profi-Arbeit, nicht dieses Amateur-Gehampel in allen TV-Krimis!"

Dazu sage ich nichts und schüttele nur den Kopf. Vorstellungen haben die jungen Leute!

Wir fahren los und halten an einer hohen Thuja-Hecke im Buchenweg Nr. 13. (Wieder die Dreizehn!). Das Gartentor knarrt, absichtlich nicht geölt, vermute ich. Wir gehen über einen sorgfältig gekärcherten Plattenweg zur Haustür. Am Haus selbst hat es augenscheinlich seit Jahren keine Außenarbeiten gegeben. Demnach scheinen die Einnahmen eines Versicherungsvertreters nicht zu üppig zu sprudeln, oder er legt nur bei sich selbst Wert auf das äußere Erscheinungsbild. Das Schellen hat abgesehen von einem hässlichen Geräusch keine erkennbare Wirkung. Wir lassen unsere Blicke über das Grundstück wandern. Heinrich sieht enttäuscht aus. Kein Bikini in Sicht, auch kein Mäh-Roboter. Für den Rasen und die Düngung sind hier die Ziegen zuständig. Kein Nachbar ist zu sehen. Ob aber einer der Nachbarn uns sieht, ist nicht auszuschließen. Es gibt genügend Fenster im Umkreis und sicher einige Ferngläser. Als ich noch überlege, was zu tun ist, verschwindet Heinrich hinter dem Haus. Ich warte auf ihn, betrachte in der Zwischenzeit einen üppig austreibenden Rosenbusch, der leider von Mehltau befallen ist. Leicht knarrend öffnet sich hinter meinem Rücken die Haustür. Ich drehe mich um und will gerade fragen, ob ich als Allergiker bei ihm Ziegenmilch erwerben kann, da sehe ich, dass Heinrich sie aufgemacht hat und mich hastig herein winkt. Was soll ich tun? - Wenn das jemand gesehen hat!

Dann mache ich doch drei Schritte nach vorn und denke, dass ein Beobachter jetzt meinen könnte, der Hausherr habe mich hereingelassen. „Was soll das?", zische ich, obwohl mir mehr danach ist, Heinrich anzubrüllen, „wie kommst du dazu, die Tür zu öffnen?" - „Siepmann hat uns hereingebeten", sagt Heinrich mit Unschuldsmiene. „Wie das?", werde ich etwas lauter. „Durch seine Abwesenheit!" antwortet er und zuckt die Schultern. - Jetzt schlägt es aber Dreizehn! Solch eine Frechheit! Gelten hier nicht mehr Recht und Gesetz? Den Flegel muss ich zur Ordnung rufen. Wie konnte er mich in diese Lage bringen? Wenn wir erwischt werden und keine entlastende Ausrede finden, bin ich meinen Beamtenstatus los und werde zum Schluss noch als Privatdetektiv enden. Darüber schreiben, ist ja noch

ganz lustig. Aber die Aussicht, das karge Brot eines „Schnüfflers"
selbst mühsam erwerben zu müssen, ist eine andere Sache. Mir
wird ganz flau im Magen.

Heinrich sieht mich bekümmert an und will mich aufmun-
tern: „Sieh das doch einmal so: Wir haben eine gute Chance,
dadurch die Aufklärung voran zu treiben. Hast du in den letzten
Monaten einen einzigen Krimi gesehen, in dem Polizei oder private Ermittler erfolgreich waren, ohne auch nur eine klitzekleine
Abweichung von den gesetzlich erlaubten Vorgehensweisen? -
Na also, stell dich nicht an. Lass uns gezielt vorgehen." - „Hein-
rich, mir graut vor dir!", muss ich dann doch mal den Faust zitie-
ren. Trotzdem hat er irgendwie Recht. Wenn ich schon in der
Falle sitze, kann ich auch tun, was zu tun ist. Wir sehen uns in
der Wohnung um. Heinrich kommt aus dem Badezimmer zurück.
Er wird doch wohl nicht versucht haben, Material für DNA-
Analysen sichern zu wollen? Aber er verkündet nur, dass es nur
eine einzige Zahnbürste gibt und auch keinen zweiten Rasierer.
Dann verschwindet er im Treppenhaus. Derweil sehe ich mich im
Wohnzimmer um. Ordentlicher Zustand, nicht zu ordentlich, als
erwartete man Besuch. (zumindest nicht unseren. Schließlich ist
er kein Hellseher!)

In einem Regal stehen Bücher: 11 Bände Readers Digest, das
Erloh-Lexikon, 6 Bände Agatha Christi – soweit ich die Titel kenne – geht es jeweils um Giftmord, Festschrift „25 Jahre Kleingartenverein Sonnenhöhe", Fußball-WM 2014, ein Weltatlas, 2
Kochbücher, ein Weinführer, Die Buddenbrooks (wohl ein nie
gelesenes Konfirmationsgeschenk), diverse HB-Führer über
deutsche Urlaubsgebiete, 4 Bände Bill Bryson. Treffer! Das hat
mir ewig vorgeschwebt! Endlich fällt mir ein, woher ich die Information über die Milchkrankheit habe. In einem seiner Bücher
hat er berichtet, das die Mutter des amerikanischen Präsidenten
Lincoln daran gestorben ist. - Aber das habe ich aus keinem sei-

ner Bücher, die hier stehen. - „Eine kurze Geschichte der Alltäglichen Dinge" fehlt in der Sammlung. Ist das Zufall? Hat er das Buch zur Tarnung aus dem Haus geschafft? Hatte er es vielleicht nur ausgeliehen?

Heinrich kommt herunter und berichtet: Oben im Schlafzimmer ist nur ein Bett, in ordentlichem Zustand. Im Raum daneben ist das Büro mit Akten, von denen er nichts versteht, ein Laptop, auf dem der Besitzer im Internet unter „Tina Agera" chattet. Was er da macht, will Heinrich mit meinem Computer in Ruhe näher prüfen. Die anderen Räume oben sind wohl seit längerer Zeit unbenutzt.

Wir begehen die Räume unten. Die Küche ist aufgeräumt, der Abfalleimer halb voll. Ein Zipfel Papier vom Geschäft Blumenriese ist zu erkennen, darüber Knochen und Plastik. Mülltrennung liegt ihm wohl nicht. Im Wohnzimmer zurück, sehen wir uns noch einmal um. CDs und DVDs entsprechen nicht Heinrichs Geschmack, meinem auch nicht. Das hat aber keine weitere Bedeutung. Abschließend bemerkt Heinrich: „Der lebt wirklich allein". - „Mit Sicherheit nicht vollständig allein", muss ich dann doch dem Grünschnabel beweisen, „das Wirken einer zarten Hand ist hier nicht zu übersehen!" Mein Detektiv ist verblüfft. „Wo siehst du hier ein Indiz dafür?" „Genau hinsehen ist das wahre Geschäft des Ermittlers", doziere ich, „was verrät dir der Blumenstrauß auf dem Wohnzimmertisch?" - „Dass da einer steht. Aber auch Männer schneiden Tulpen ab oder kaufen welche, das beweist doch gar nichts!", widerspricht der ach so unerfahrene Heinrich. „Junge", fahre ich fort, „was fällt dir am Tulpenstrauß auf?" „Nichts", sagt er knapp. Das gibt mir die Gelegenheit, zu demonstrieren, dass in langen Jahren erworbene Sachkenntnis seinem jugendlichen Aktionismus überlegen ist: „Dem erfahrenen Detektiv müsste die pflegende Hand einer Frau auffallen, die den Blumenstrauß in die optimale Form bringt." -

„Das ist doch kein Ding: Vase, Wasser, Tulpen rein, etwas daran herumhantieren inklusive!", meint Heinrich. - „Eben nicht", sage ich, „Die Öffnung der Blüten beweist, dass der Strauß, laut Abfalleimer im Fachhandel erworben, schon 3-4 Tage hier steht. Ist dir wirklich nicht aufgefallen, dass die Tulpen gleich lang sind?" - „Ist doch immer so!" antwortet Heinrich beleidigt. „Aber wusstest du nicht, dass rote Tulpen in der Vase schneller wachsen als gelbe? Den gemischten Strauß hat eine Frau — wer achtet denn sonst darauf — zeitnah sachkundig gekürzt!"

Stumm begleitet mich Heinrich zur Hintertür, die er mit seinem Einbrecher-Werkzeug wieder sorgfältig verschließt. Zur Vorsicht gehen wir am Ziegenstall vorbei durch das zweite Tor zum Fußweg, der über Treppen bergab zur nächsten Straße führt. Da ist mein Auto geparkt. „Haben deine Pistole, Zweitpistole, Handschellen, Schlüssel und Zweitschlüssel zum Erkenntnisgewinn beigetragen?", frage ich erleichtert aber boshaft, als wir einsteigen. „Den Schlüssel zu seinem Internetzugang habe ich jedenfalls geknackt", brummt Heinrich beleidigt.

In meinem Arbeitszimmer notieren wir im Ordner die Ergebnisse des Tages. Heinrich hat es wieder mal eilig. Als er geht, habe ich noch einen konkreten Auftrag für ihn. Er soll in der städtischen Bücherei nach Lesern von Bill Bryson fragen. Er will nämlich einen Bill-Bryson-Fanclub gründen. Gleichgesinnte findet er schneller — hat er gedacht — wenn er erfahren kann, welche seiner Bücher an wen ausgeliehen worden sind (vielleicht auch wann). - Bei seiner Ausstrahlung müsste das etwas sonderbare Anliegen Erfolg haben, zumal das Personal in der Ausleihe jung und weiblich ist. Und er soll, das habe ich ihm besonders ans Herz gelegt, darauf achten, wer „Eine kurze Geschichte der alltäglichen Dinge" ausgeliehen hat. Dann soll er das Buch selbst ausleihen und es auf Notizen oder Unterstreichungen untersuchen: besonders hinten auf der leeren letzten Seite, auch vorne und auf der Seite Nummer – ja welcher? Das muss ich in meinem Exemplar erst nachsehen.

Nachts schicke ich ihm noch die SMS mit der Seitenzahl „474". Die Antwort ist „OK". Hat er doch noch pflichtbewusst den Flirt kurz unterbrochen! Die Überlegenheit meiner Beweisführung muss ihn beeindruckt haben.

14

Heinrich hilft vormittags zwei Stunden im Hofladen seiner Eltern aus. Zur Belohnung gibt ihm seine Mutter ein Stück „Wilder Bernd". Das ist sein Lieblingskäse. Und der gute Junge ist sich sicher, dass er ähnliche magische Kräfte freisetzt wie Popeys Spinat-Rationen. Beiläufig fragt er nach Carola Girsch. „Die jetzt tot ist?" antwortet seine Mama, „Die hat hier ihr Gemüse gekauft, ist nicht sonderlich gesprächig gewesen. Vor ein paar Wochen wollte sie wegen ihrer Allergie Ziegenmilch kaufen. Haben wir nicht, hab ich gesagt. Und eine Kundin hat sich eingemischt: 'Kriegst du doch von deinem Bruder', komisch woll? Sie hat gesagt, dass ihr Bruder nicht mehr liefert."

Nach dem zweiten Frühstück ist Heinrich in Hörste unterwegs. Das „Erlebnis-Institut für Töpfern, Stricken, Malen" liegt auf seinem Weg. Ton-Tine öffnet persönlich, steht vor ihm im Sommerkleid nach neuester Mode, doch für Heinrichs Geschmack mit etwas zu viel Rüschen und Applikations-Getöse. Sie beäugt ihn streng mit einem Blick, der unterstreicht, dass für ihr fast hübsches Gesicht das Verfallsdatum so gut wie erreicht ist.

Heinrich stellt sich als ein naher Verwandter der Verstorbenen vor und bittet um Auskünfte über sie. Ton-Tine betrachtet ihn noch einmal von oben bis unten und antwortet: „Unser Institut ist eine seriöse Einrichtung. Über unser Kunden, respektive

Mitglieder, geben wir Außenstehenden grundsätzlich keine Auskunft. Es steht Ihnen selbstverständlich frei, sich für einen unserer Kurse anzumelden. Formulare für die Anmeldung zu einem Kreativ-Kurs in einem unserer Fachgebiete sowie für die Abbuchungsermächtigung gebe ich Ihnen gern. Treten sie also zu diesem Zweck näher. Nach dem Aussehen Ihrer Hände zu urteilen, kämen für Sie ein Strick- oder Töpferkurs in Frage. Danach könnten Sie als Mitglied selbstverständlich auch Informationen über andere Kursteilnehmer erhalten." Eilig verabschiedet sich mein Detektiv und ist stinksauer.

Auf seiner Liste, die er herauskramt, stehen noch: Bücherei, Karina Knust und Jaqueline Speck. Mehr kann er an diesem Morgen nicht schaffen. Nachmittags wird er seinem Beruf gemäß wenigstens kurz überprüfen müssen , ob sich Frau Kurzenbach nach ihrer Halbtagsarbeit allein in ihrer Wohnung aufhält, bis ihr Gatte von einer Dienstreise zurückkommt. Und Beweise, falls sie nicht brav sein sollte, wären auch nicht schlecht (am besten mit Fotos).

Also trottet Heinrich erst zur Städtischen Bücherei. Heute darf ihm keine Frau, *wirklich keine mehr* quer kommen. Sonst würde er für seine Person ein geschäftsschädigendes Verhalten nicht mehr ausschließen können!

Er bleibt einen Moment stehen vor dem ehemaligen Stadtschloss der Grafen von Bartenburg. Es wird jetzt genutzt als Bücherei und Heimatmuseum Aumecke. Die Heimatstube der Vertriebenen Schwarzwald-Sachsen (mit gerettetem Gerümpel aller Art) ist dort auch untergebracht und der „Bi-konfessionelle Senioren-Treff". Noch einmal durchatmen! Alle Frauen sind liebenswert, schön, hilfsbereit und intelligent! Durchatmen, nicht die Nerven verlieren!

Am Tisch der Ausleihe sitzt wirklich ein heißes Teil. So fällt es Heinrich nicht schwer, alle Register zu ziehen. Charmant, aber nicht zu dick aufgetragen, legt er sein Anliegen dar. Etwas verschämt schildert er, wie sehr er den Autor Bill Bryson verehrt. Zum Glück kann er einige Details aus dessen Büchern schwärmerisch erwähnen, die ich ihm mühevoll eingetrichtert habe. Die Dame schmilzt zwar nicht dahin (Dies hier wird kein Liebes- sondern Kriminalroman, will ich hoffen!) lässt sich aber unter den gegebenen Umständen zur Herausgabe gewisser Daten verleiten. Heinrich notiert sie, bedankt sich überschwänglich, leiht das von mir gewünschte Buch und verabschiedet sich. Die gefundenen Fakten sind etwas mager. Wenn man alle uninteressanten Leser ausscheidet, bleibt nur Carola als dokumentierte Leserin des Buches. Der Bruder hatte es nicht, zumindest nicht aus dieser Bibliothek. Die Untersuchung zu Hause mit der Lupe ergibt, dass auf der Seite 474 nicht geschrieben oder radiert wurde, dagegen auf der letzten Seite. Die nähere Überprüfung zeigt ein Ausrufungszeichen auf Seite 476. Erst dort wird Heinrich bei der Suche nach der Milchkrankheit fündig. (Es handelte sich bei dem Buch um eine andere Ausgabe als bei meiner.)

Leicht beschwingt macht sich Heinrich auf ins Villenviertel von Aumecke, um dort Frau Knust aufzusuchen.

Warum er so sicher ist, sie anzutreffen? Durch einen Anruf bei ihrer Dienststelle konnte er es erfahren. Er hat nach einem Termin bei ihr gefragt. Heute ist ihr freier Tag, und da wird sie wohl gern in ihrem Heim das Mittagessen für ihren Gatten bereiten wollen. Schließlich wird er ermüdet sein von 6 anstrengenden Stunden Unterricht, bei denen er dazu verdammt ist, zusehen zu müssen, wie sich nach seiner kurz gehaltenen Anweisung Schüler und Schülerinnen (!) den Rest der Stunde munter bewegen.

Sie öffnet Heinrich die Tür und ist erstaunt, als er mit trauriger Miene fragt, ob sie bereit sei, mit ihm über die gemeinsame Bekannte Carola Girsch zu sprechen. Tränen der Rührung treten ihr in die Augen. Sie bittet ihn ins Haus. Er könne es noch gar nicht fassen, behauptet Heinrich. Ob es denn vielleicht einen Anlass gegeben habe, in Depression zu fallen, was er nicht glaube, aber ausschließen möchte. Karina meint, man könne das, und sie muss etwas schluchzen.

„Wir wollen doch beide wissen, wie es zu dem Unglück kommen konnte", sagt Heinrich und greift – wie aus Versehen – nach ihrer Hand. „Ja", antwortet sie, „Sie werden es vielleicht nicht wissen, aber in den letzten Tagen, bevor es ihr plötzlich schlecht ging, schien sie glücklicher zu sein. Sie vertraute mir an – schließlich kennen wir uns seit dem Kindergarten – dass sie eine Fernreise plant, eine Flugreise. Ihren Mann hatte sie noch nicht eingeweiht, sagte sie."

Und was mit Carsten ist, Carolas Bruder, der doch auch tief getroffen sein muss durch dieses Unglück? Der war doch auch mit ihr im Kindergarten. Wie geht es ihm? Heinrich sieht ihr tief in die Augen, wie es ihm nur äußerst selten ohne direktes sexuelles Interesse so gut gelingt. Es wirkt. Ach Carsten, sie waren einmal ein Paar. Das ist nach einiger Zeit nicht so gut gelaufen. Doch ihre eigene Ehe jetzt auch nicht. Carsten ist so allein und sie oft auch. Heinrich drückt ihr mitfühlend die Hand und verlässt das traute Heim.

Nächster Punkt: Nachbarin Jaqueline Speck, in der Vautmecke, Buchenweg 15. Zu ihrem Nachbarn befragt, erklärt sie, dass sie bei ihm fast täglich nach dem Rechten sieht. So ein Junggeselle verkommt sonst ohne weibliche Führung. Er hat ihr geholfen, hier heimisch zu werden nach dem Mauerfall. 1989 im Herbst hat sie rüber gemacht. Man wusste ja nicht, ob die Grenze wieder geschlossen würde. Das Lager Unna-Massen war voll. So war sie 14 Tage im DRK-Haus in Aumecke untergebracht. Das war vorübergehend eine provisorische Außenstelle des Auffanglagers. Die ehrenamtlichen Helfer da haben alles getan, den „Flüchtlingen" schnell eine Wohnung und Arbeit zu besorgen. Bald hatte keiner der Helfer mehr genug Urlaubstage für einen weiteren Dienst, und die bezahlte Freistellung von der Arbeit gegen Bezahlung war damals nur für die Feuerwehr und das THW geregelt. Wenn Sie mehr darüber wissen wollen, fragen Sie beim Roten Kreuz Aumecke nach. Denen wollte die Stadtverwaltung noch Müllgebühren berechnen pro „Insasse" während des Aufenthaltes im DRK-Haus. Das habe ich von Carsten gehört. Und der weiß es von einem Kumpel.

Was die Beziehungen zu anderen Frauen angeht: Nach Jaquelines Kenntnisstand war Karina Knust vorehelich von Carsten schwanger und hat nach heftiger Intervention ihrer Eltern abgetrieben. Das Feuer von damals scheint gelegentlich aufzuflackern. Mehr will sie dazu nicht sagen, und ihr Gesicht verfinstert sich.

Als ich von der Konferenz am Nachmittag nach Hause komme, sitzt Heinrich an meinem Schreibtisch und hantiert an unserem Ordner. Er war wohl fleißig heute Morgen und hat die Ergebnisse eingetragen. „Ja", bestätigt er und bringt mich auf den neusten Stand, „außerdem habe ich ein Relaunch unserer Unterlagen durchgeführt." - „Was ist das denn?"will ich wissen. „Kennst du nicht?", fragt er zurück, „nicht in deinem Wortschatz? Hätte ich mir denken können. Deutschlehrer! Du Duden-Deutsch – ich gelebte Muttersprache. „Relaunch" heißt Neugestaltung, optische Überarbeitung, Verbesserung der Menü-Führung", erklärt er mir, „das bedeutet für uns: Die Inhaltsübersicht und der Zugriff auf Dossiers wurde durch Einfügen neuer Trennblätter optimiert."

„War das bei den wenigen Aufzeichnungen nötig?" - „Nicht unbedingt, aber so ist es professioneller!" - „Wie bist du denn auf diese Idee gekommen?" - „Im Erloher Bürgerblatt stand heute, dass die Stadtverwaltung Erloh für ihren Internet-Auftritt ein Relaunch durchgeführt hat. Dreimal stand das Wort in dem Artikel, so wichtig war das Relaunch zum jetzigen Zeitpunkt für alle Bürger. Die Verwaltung unserer Unterlagen muss ebenfalls effizienter werden. " Wie ich sehe, hat Heinrich auch etwas für die Optik getan: Auf dem Rücken des Ordners steht nun: „touch down of a witch" - Die jungen Leute! Das kommentiere ich heute nicht oder besser: wir streichen das im Manuskript!

Ich erzähle meinen Traum aus der letzten Nacht. Der ist wichtig, den muss er unbedingt abheften. (Bin gespannt, welchen Menü-Punkt er dafür findet.)

Der Traum: Ich gehe einen Weg bergauf. Er führt an der Stelle vorbei, wo wir Carola Girsch tot aufgefunden haben und weiter durch einen Stubb-Buchenwald zur Wegspinne am Hexentanzplatz. Dort tritt ein Ziegenbock auf mich zu und sagt: „Du musst dich jetzt entscheiden. Aber wehe dir, falls du die falsche wählst!" Ich komme mir vor wie der schöne Jüngling Paris, mit dem ich auch in meinem Alter noch gewisse Ähnlichkeiten im Spiegel erkennen kann.

Statt eines goldenen Apfels drückt mir der Bock ein Büschel Runzeligen Wasserdost in die Hand. Und von nackten Grazien oder Göttinnen keine Spur. Drei weiße Ziegen springen aus dem Gebüsch. Wie ihr Meister sind sie mit Hörnern ausgestattet. „Wer hat meine liebe Carola gemordet? Wähle und übergib das Gift der Geiß!" Alle drei sehen für mich gleich aus. Meine Chancen stehen eins zu drei. Der Ziegenbock drängt: „Nur zu, du betreibst heimlich das Gewerbe des Schnüfflers. Rieche an mir und rieche an ihnen. Du wirst das Böse erkennen. Willst du nicht, so sei verflucht! Aber du kannst auch dein Urteil auf dieses Stück Birkenrinde schreiben, mit deinem Blut oder mit roter Aquarell-Farbe. Das Böckchen hat ein Blöckchen dabei."

Nach dem Traum bin ich erschreckt aus dem Bett gesprungen und habe mir einen Kräutertee aufgebrüht. Natürlich musste ich vorher dessen Inhaltsstoffe auf der Packung überprüfen.

„Da habe ich etwas nicht so ganz verstanden", sagt Heinrich, „das da mit dem Wald und dem komischen Tier." Jetzt kann ich ihm beweisen, dass auch junge Leute nicht alle Wörter kennen: „Wegspinne ist kein Tier, sondern eine Stelle, wo sich mehrere Wege kreuzen. 'Stubb-Buche' kennt nicht einmal Onkel Google. Der zeigt dir nur an, dass du im Hotel Stubb buchen kannst. In alten Zeiten hat man für sein Brennholz die Laubbäume in einer Höhe abgesägt, die keine Ziege erreichen konnte. So wuchsen die neuen Triebe an der Außenkante des Stammes ohne Ziegenverbiss einige Jahre bis zur nächsten Brennholzernte. Die Bäume sahen aus wie der Ausguck von einem Piratenschiff. Als man das Vieh nicht mehr zum Weiden in den Wald getrieben hat, wurden die Bäume ganz unten abgesägt. Da war der Stockausschlag nicht mehr gestört. In der Gegend von Meinerzhagen habe ich vor vielen Jahren noch die Reste eines Stubb-Buchenwaldes gesehen. Das war ein Naturschutzgebiet. Aber wer weiß: Es findet sich immer jemand, der als ausgewiesener Experte behauptet, die Bäume seien durch Pilzbefall erkrankt und müssten wegen der Verkehrssicherungspflicht der letalen forstwirtschaftlichen Nutzung anheim fallen. Schließlich könnte ein morscher Ast auf ein Reh oder einen Igel fallen Und das wollen wir doch nicht! "

„Danke für den Unterricht. Ich werde das lernen und morgen aufsagen", sagt Heinrich, „aber bei Ziegenverbiss ist mir eine Idee gekommen. Könnte es sein, dass in unserem Fall beim

Kampf um einen Bock die eine Ziege die andere weggebissen hat?" - „Mag sein, aber welche?" - „Egal welche", antwortet Heinrich, „Die Bedeutung des Traums ist klar. Wir müssen knallhart die Fakten sehen. So geht das hier nicht weiter. Ich muss eine finanzielle Perspektive haben. Sonst – tut mir leid - kannst du allein weiter herum amateurisieren!

Nicht nur der Teufel verlangt eine Entscheidung, auch der gesunde Menschenverstand! Für dich ist es ein Zeitvertreib, das Rätsel eines Todesfalles zu lösen. Mich jagst du dafür herum. Mein Beruf ist Recherchieren, dabei muss aber Kohle rüber kommen! Ich habe kaum noch Zeit für meinen Job! Es laufen mehrere Verträge. Ich bewache gegen Bezahlung die Außengrenzen einiger ehelicher Weidegründe, wegen „unterm Zaun" und so. Im Fall Carola Girsch muss endlich Geld fließen, egal von wem."

Nach gefühlt einer Minute Schweigen frage ich:„Wie stellst du dir das vor?"

Heinrich hat folgende Überlegung. Geld gibt es nur, wenn wir an jemanden herankommen, der seine Unschuld bewiesen haben will. Alternativ könnte auch der Täter bereit sein zu zahlen, wenn er Indizien gegen andere gesammelt haben möchte. Ist es ein Fall von Eifersucht, ist nicht so viel Honorar herauszuholen, oder gar nichts. Sollte es aber um Geld und Besitz gehen, könnte das besser für uns laufen. Wer hat finanzielle Vorteile durch den Tod oder den Beweis, ob es Unfall oder Mord war? - wieder langes Schweigen.

Da habe ich eine Idee:„Im Normalfall erbt der Ehemann alles. Damit ändert sich praktisch nichts am momentanen Zustand. Falls aber der Ehemann als Mörder überführt würde, wäre er „erbunwürdig", und der Bruder würde alleiniger Besitzer von Haus und Grundstück."

„Und wenn der Bruder der Mörder ist, kommt sein Schwager leichter an dessen Besitz!", ergänzt Heinrich.

15

Heute ist Vatertag. Was für ein Gedränge! Der 1. Mai fiel auf einen Sonntag. Am Donnerstag danach, also heute, ist Himmelfahrt – besser bekannt als „Vatertag". Das lange Wochenende wird durch den Muttertag gekrönt. Das alles kann wirklich passieren, nämlich in diesem Jahr. Und am Freitag danach ist zu allem Überfluss noch Freitag der Dreizehnte. Das wird ein schwarzer Tag für den Mörder!

Zwei Tage später ist auch noch Pfingsten. Wie soll man das alles verkraften, ohne eine gehörige Portion Bier am Vatertag?

Aber nein, ich bin nüchtern. In der Endphase des Schuljahres fallen nun einmal größere Mengen an schriftlichen Arbeiten der Schüler an, die korrigiert und bewertet werden müssen. Und damit das in angemessener Art und zeitnah auch von Deutsch-Lehrern erledigt werden kann, hat das Kultusministerium neben den Sonntagen, falls die für Korrekturen nicht ausreichen, Himmelfahrt und Fronleichnam als Feiertage eingeführt. Und die armen Sportlehrer! Mindestens einer aus meinem Kollegium wird heute an seinem Esstisch – Schreibtisch braucht er ja nicht - ein bis zwei Stunden darüber brüten müssen, welcher Kollege wann und wo bei den anstehenden Bundesjugendspielen in der Lage sein wird, lebenswichtige Aufgaben zu übernehmen wie die Beaufsichtigung beim Harken der Sprunggrube oder das Errechnen der Gesamtpunktzahlen für die Urkunden.

Falls ich es zur Hand hätte, würde ich jetzt wieder einmal mein Glas erheben auf meine geliebten Vorurteile. Statt dessen mache ich mich an die Arbeit. Das Diktat im 5. Schuljahr haue ich in einer Stunde weg – falls ich nicht gestört werde. Den Aufsatz Klasse 7 könnte ich vorsortieren und – falls mich meine Konzentration verlassen sollte - auch später am Samstag oder Sonntag beenden . So bliebe die Möglichkeit, einen Mittags-Imbiss an den Ständen im Park einzunehmen. Die Küche hat dies schon in Erwägung gezogen und hofft auf schnelle Präzisionsarbeit meinerseits.

Natürlich bin ich nicht blind und schaue zwischendurch aus dem Fenster, wenn draußen laute Musik-ähnliche Geräusche erschallen. Bis zum Ende der Diktat-Korrektur habe ich sieben Gruppen junger Männer registriert, die auf dem Bürgersteig gegenüber mit Bollerwagen, Schubkarren und ähnlichen Vehikeln Richtung Park gezogen sind, gut sichtbar beladen mit alkoholischen Getränken aller Art und hörbar mit einer Lärmquelle. Dabei fällt dem geübten Beobachter auf, dass es sich bei den 5 bis 7 Männern je Gruppe ausschließlich um Jünglinge handelt, denen man – nach dem optischen Eindruck - eine Vaterschaft kaum zutraut.

Heinrich ist heute auch unterwegs, einmal weil er glaubt, auch als junger Junggeselle dürfe man sich dieser Tradition nicht entziehen, andererseits, weil ich ihn darum gebeten habe. Er soll sich im Laufe des Tages an Carsten Siepmann heranarbeiten beziehungsweise heran trinken. Vielleicht plaudert der angetrunken oder gar voll des herben Pilses etwas aus, das uns nützlich sein kann. Auf jeden Fall soll Heinrich mit den anderen trinken, nicht zu viel, nur zur Tarnung.

Den Auftrag habe ich ihm gestern noch erteilt, danach lange nachgedacht, ob ich seine Pläne akzeptieren kann. Ist es nicht verwerflich, aus einem Todesfall Geld herauszuschlagen ohne Rücksicht darauf, ob der Mörder durch die Untersuchung überführt werden kann? Schlimmer noch: Ist es gleichgültig, ob es zur

Feststellung kommt, dass es Mord, Selbstmord oder ein Unfall war?

Wenn bei ihm die beruflichen Belange weit wichtiger sind als unsere vertraute Zusammenarbeit – kann ich eine solche Haltung noch tolerieren?

Zeitweise habe ich an ein Relaunch für meinen Detektiv nachgedacht. Sollte ich ihn neu konzipieren, gefügiger machen? Muss er wirklich so aufmüpfig bleiben wie bisher? Kann er nicht einfach alles so ausführen, wie ich es gedacht habe? - Nein! Schon habe ich mich zu sehr an ihn gewöhnt. Eine grundsätzliche Änderung oder seine digitale Tötung ist nicht mehr denkbar. Obwohl - niemand könnte mich dafür belangen, wenn ich alle Textstellen, in denen er vorkommt, markiere und die Taste „Entf" drücke. - Welch ein berauschendes Machtgefühl, obwohl ich um 11 Uhr noch nüchtern bin, und das am Vatertag! Heinrich, sei vorsichtig! Manchmal juckt es mir in den Fingern!

Das Diktat ist abgehakt. Wir gehen um kurz vor 12 Uhr in den Park. (Entschuldigung: meine Familie kann ich punktuell doch nicht völlig aus dem Buch heraushalten.)

Im Eingangsbereich stehen drei niedrige Tische, die auch als Sitzgelegenheit dienen können. Eine Gruppe jugendlicher Trinker hat dort eine Weile ausgeharrt, wie mir der unveränderte Lärmpegel ihrer Musikanlage (besser „Geräuschanlage") einige Zeit trotz fehlendem Sichtkontakt signalisiert hat. Als wir näher kommen, sind sie im Aufbruch begriffen. Was sie noch nicht zu trinken geschafft haben, räumen sie auf ihren Wagen, an dem ein Pappschild befestigt ist mit der Aufschrift „Ups, wir trinken". Eine bunte Mischung von geleerter Flaschen und Dosen bleibt zurück, auf den Tischen und auf dem Boden um sie herum, dazu Papier und Pappverpackungen unterschiedlicher Art. Einer der Jünglinge leert gerade noch eine Dose und wirft sie im hohen Bogen über das Hundeklo hinweg ins Gebüsch. Er und die anderen nehmen nicht wahr, dass gleichzeitig zwei alte Männer und eine Frau hastig alles, für das man Pfandgeld bekommen kann, in eine Plastiktaschen sammeln. Es sieht so aus, als räumte das Personal direkt hinter ihnen auf, ständig den ängstlichen Blick auf die angetrunkenen und deshalb unberechenbaren Jugendlichen gerichtet. Während wir eilig vorbei gehen, packt mich - wenn auch nur für Sekunden - die Wut: Warum gibt es keine legale Möglichkeit, solchen arroganten Schnöseln eins auf das Maul zu hauen? Andererseits sehe ich ihre leeren Blicke, höre die hilflosen Versuche, etwas Lustiges zu lallen. Niemand hat ihnen gesagt, was man am Vatertag machen kann außer Saufen. Das hält keiner durch, wenn der Tag lang ist.

Im Park bleiben wir bei einem Zauberer stehen, der mit einfachen Mitteln Kinder und Eltern unterhält. Kurzfristig stört eine Gruppe junger „Väter", die neben mir auftaucht. Nach der Bemerkung „Der zaubert was" ziehen sie aber ab zum nächsten Bierstand. - Wir gehen weiter, treffen Nachbarn, Essen eine Folienkartoffel, trinken ein Bier und machen uns auf den Heimweg.

Unser Vorgarten sieht jetzt aus wie nach einem Schützenumzug oder einem der Kirmes-Tage: Eine Bierflasche und drei Dosen auf dem Rasen und auf der Hecke ein Plastikbecher mit dem Aufdruck „Erloher Pils".

Vor ein paar Jahren – es war Kirmes – rief mich abends meine Nachbarin an. Aus unserem Vorgarten seien seltsame Geräusche zu hören. Aus ihrem Fenster könne sie aber keine Ursache erkennen, obwohl sie mit der Taschenlampe geleuchtet habe. Ich ging der Sache nach und fand auf dem Bürgersteig zwei Unterschenkel. Die beiden Füße zeigten mit den Schuhspitzen gen Himmel. Der zugehörige restliche Teil des Mannes lag schnarchend jenseits der Hecke in der Blumenrabatte. Er sah mir zu kräftig aus, als dass ich einen Versuch hätte wagen wollen, ihn zu wecken. Das Hindernis so zu belassen, hielt ich allerdings für fahrlässig. Zu leicht könnte jemand an dieser schlecht beleuchteten Stelle stolpern und sich verletzen. Schließlich rief ich in der Polizeiwache an und fragte, was zu tun sei. Sofort kam ein Streifenwagen. Der Streifenführer rüttelte den Schläfer. Der schnarchte weiter. Der zweite Mann, Siggi, heute zur Abwechslung mal nüchtern, schien sich mit solchen Zuständen bestens auszukennen und verlangte von mir einen Eimer Wasser. Den goss er über den Mann. Der sprang auf, erkannte Polizisten und brach mit zwei Sätzen durch die Hecke. Auf dem Bürgersteig blieb er dann stehen und wusste nicht wohin. Siggi fragte nach seinem Ziel. Weil er zum Kirmesplatz wollte, drehten die Polizisten ihn in die richtige Richtung und schoben ihn an.

Noch zwei Jahre lang habe ich beim Jäten der Rabatte hin und wieder Geldstücke gefunden.

16

Bevor ich zur Schule gehe, sehe ich noch schnell, ob ich Mails bekommen habe. Heinrich schreibt (oder sagt man jetzt „postet"?): „Leiche zur Bestattung freigegeben - Beerdigung wahrscheinlich in einer Woche - komme um 18 Uhr vorbei."

Warum ich heute, am Tag nach Himmelfahrt zur Schule gehe? - Weil alle Schulen in Erloh ihren Brückentag drei Wochen später haben, nach Fronleichnam. Heute wird es gemütlich mit kleinen Klassen. Montag kann ich dann auf diversen Zetteln lesen, welche Krankheiten die restlichen Schüler leider am Wochenende auskurieren mussten. Übermäßiger Alkoholgenuss wird sicher nicht genannt werden.

Heinrich kommt und braucht erst ein Glas Wasser. „War es gestern so schlimm? Was hast du erfahren?", fordere ich ihn zum Reden auf. „Eine Menge schmutzige Witze, richtig gute dabei" - „Will ich nicht hören, geraten sonst noch ins Manuskript. Unser Krimi bleibt zotenfrei." - „Gut, erzähl ich nachher, wenn du den Computer ausgeschaltet hast." Ich nicke und denke, dass mein Detektiv doch nicht so schlau ist. Er müsste wissen: Wenn der herunterfährt, verschwindet auch Heinrich, wird abgelegt auf Laufwerk D.

Was er erlebt hat, ist hier weitgehend uninteressant. Aber es ist ihm gelungen, sich über eine Bollerwagen-Gruppe aus Hörste mit Vätern, die er aus dem Laden seiner Eltern kennt, auf der Wiese bei den Tennisplätzen an Vautmecker Männer heranzuarbeiten, das heißt näher zu trinken. Er hat so gut wie keine Frage gestellt, nur zugehört. So erfährt man erfahrungsgemäß mehr. Carsten Siepmann war zunächst gar nicht gesprächig. Es wurde dies und das erzählt. Viel Klatsch über Leute, die Heinrich nicht kannte, und auch über Fußball diskutiert. Als jemand positives über Schalke redete, wurden die Äußerungen hitzig, so dass es beinahe zum Handgemenge gekommen wäre. Der einsame Schalke-Fan behauptete dann, er hätte nur überprüft, ob hier alle Männer Borussen-Fans sind. Man lachte, war zufrieden und alle erhoben das nächste Glas, die nächste Büchse oder Flasche auf den Fußballmeister des kommenden Jahres.

Irgendwann kam die Rede auf Carstens Schwester, und er hat „blöde Ziege" gesagt, „nichts konnte man ihr recht machen." Etwas später, als vom Kleingarten gesprochen wurde, war von ihm zu erfahren, warum er aus dem Verein ausgetreten ist. Nach dem Tod der Eltern gehörte die Parzelle der Erbengemeinschaft, also ihm und seiner Schwester. Sie wollte bestimmen, wie es weiterging, hat sich in den Vorstand gedrängt und ihren Mann auch da platziert. Schon früher wollte sie ihren kleinen Bruder immer herumkommandieren. Bei Kartenspielen hat sie damals schon gemogelt. Und jetzt hat sie ins Gras gebissen, die blöde Ziege. Den Anteil am Kleingarten hat er ihr verkauft, weil er gerade etwas klamm war. Ein paar Wochen hat er zu wenig Geschäftsabschlüsse schaffen können. Der Außendienst ist kein Zuckerlecken. Er selbst hatte gerade einige teure Anschaffungen gemacht. Da war es eben etwas eng geworden. Und sein Schwager wollte ihm den Verbraucherkredit nur zu den ortsüblichen Zinsen gewähren, obwohl er doch an der Quelle saß. Ein Kredit für landwirtschaftliche Kleinbetriebe hätte er genau so gut vergeben können, zu Sonderbedingungen, die das Land finanziert. Aber nichts, der blöde Hund!

Ein anderer Mann aus dem Gartenverein hat sich über Unkraut und die besten Methoden zur Bekämpfung ausgelassen: „Zum Beispiel, wenn du Giersch wirklich weg haben willst, musst du alle Wurzeln erwischen. Da musst du mindestens 80 Zentimeter tief graben." Da ist dem Carsten noch eingefallen, dass die Beerdigung am Donnerstag sein soll, und dass sein Schwager alles allein regeln will ohne ihn.

Ziemlich hässlich, wie Carsten Siepmann über seine Schwester redet. Es entspricht genau meinen eigenen Erfahrungen mit ihr. Und wo er Recht hat, hat er Recht: „Giersch" hat den botanischen Namen „Aegopodium podagraria". Das ist vom griechischen Wort für „Ziege" abgeleitet, weil das Blatt angeblich wie ein Ziegenfuß aussehen soll. Der Botaniker, der den Namen ausgesucht hat, muss ihn wohl am späten Nachmittag eines sehr warmen Vatertages erfunden haben. Ich selbst kann beschwören, dass die Blattform sehr schwer mit der einer Ziegen-Klaue, (Paarhufer!) verwechselt werden kann. Das wird jeder bestätigen, der beim Melken einer Ziege für Sekundenbruchteile die Möglichkeit hatte, die Unterseite eines Ziegenfußes auf sich zu kommen zu sehen. Nach dem Aufprall auf den Bauch des Melkers pflegte das Vieh dann, ihr Bein im Melkeimer abzukühlen.

Solch ein Bild prägt sich ein fürs Leben. Natürlich kann ich nicht ausschließen, dass Ziegenfüße in Griechenland anders aussehen als bei uns. Ich müsste mal hinfahren.

Der zweite Teil des botanischen Namens ist auch nicht gerade überzeugend. Er bedeutet, dass man mit dem Kraut die Gicht heilen kann. Auch so ein Versprechen, dass sich wissenschaftlich nicht belegen lässt. Da musste die Pflanze leider aus dem Buch der Arzneimitteln ausgeschlossen werden.

Zum Trost findet man im Netz die Behauptung, es handle sich bei Giersch um ein schmackhaftes Wildgemüse. Okay, mag sein, dass sich einige Vegetarier an der Frau Girsch haben erfreuen können.

Für mich aber ist Giersch ein übles Unkraut – basta!

Kaum zu glauben, dass es noch Gärtner gibt, die vom Giersch als vom schönen „Geißfuß" oder sogar „Ziegenkraut" reden. „Ziegenkraut" ist übrigens der korrekte deutsche Zweit-Name für die „Großblütige Elfenblume", die angeblich zu sexuellen Höchstleistungen befähigen soll.

Irgendwie passt das dann auch zu dieser Geschichte. Und Heinrich wird sich freuen, wenn ich ihm das erzähle.

17

Am Samstag erscheint in der Zeitung die Todesanzeige für Carola Girsch. Sie ist groß gesetzt und knapp formuliert. „Im Namen der Angehörigen - Gisbert Girsch" steht darunter. So kann Carsten nicht behaupten, er sei völlig ausgeschlossen worden. Trotzdem wird man die Formulierung in der Siedlung als einen Affront ansehen. Man hat verstanden, dass das auch so beabsichtigt ist. Die Beerdigung ist am Donnerstag um 16 Uhr. - Kann ich also hin.

Heinrich ruft an, meldet sich für heute ab . Marie hat frei, da muss er am Ball bleiben. „Freigabe zur Bestattung" heißt noch gar nichts, meint er. Bei einer Einäscherung wäre natürlich alles abgehakt. Wenn der Ehemann die Erdbestattung will, kann das viele Gründe haben:

a) Seine Frau hat das im Testament gewünscht oder ihm mündlich mitgeteilt

b) Er hat religiösen Gründen

c) Er will nicht öffentlich zugeben, dass ihm die preiswertere Einäscherung lieber wäre

d) Er ist der Mörder und zu blöd, um zu begreifen, dass eine Exhumierung später noch möglich ist

e) Er ist der Mörder und täuscht den braven Ehemann vor, der nichts zu verbergen hat

f) Er ist nicht der Mörder, sondern der brave Ehemann, der nichts zu verbergen hat

g) Er ist nicht der Mörder und will die Möglichkeit einer Exhumierung offen halten

h) Er war überfordert, und der Beerdigungsunternehmer hat ihn über den Tisch gezogen

Das reicht doch wohl aus. Unter diesen Umständen muss Heinrich jede kleine Veränderung der Nachrichtenlage in der Pathologie im Auge behalten, besser noch im Ohr!

Sonntag? Da ist Muttertag, Anwesenheitspflicht bei den Eltern. Er hat schon einen Möhrenkuchen für Mama gebacken. Und es wird mir doch nichts ausmachen, wenn er bei Aufgang der Sonne meinen blühenden Fliederstrauch in der Länge ein wenig reduzieren wird, weil er schon jetzt zu weit über den Bürgersteig hängt. Muttertags-Strauß muss sein, preisgünstig darf er sein.

„Übrigens", verrät er mir noch, „will ich bei meinen Eltern auf ein Relaunch für den Bio-Laden drängen. Reformhäuser sind am Ende. Da müssen wir doch auch dem verhuschten Teil von deren bisheriger Kundschaft eine Chance geben, glücklich nach Hause zu gehen nach dem Einkauf.

Heute stehen die bewussten Verbraucher auf glutenfrei, glukosefrei, laktosefrei, dienstfrei (Entschuldigung, das letzte war mir so herausgerutscht) und so ähnlich. Das müssen wir auch bei unseren Bioprodukten berücksichtigen. Man darf nicht den Anschluss verlieren bei diesem Wachstumsmarkt! Neulich habe ich den „Erfinder" im Enteneck getroffen. Der erzählt immer von seinen Ideen, mit denen er reich und berühmt werden will. Das hat bisher noch nicht funktioniert mit seinem Kohlepapier für Linkshänder und dem handgeschnitzten Kaminholz. Er arbeitet gerade an einem Schnabel-Tassen-Aufsatz für Biergläsern. Die will er an Altersheime verkaufen. Mir hat er eine Superidee abgetreten. Das hat nur ein Herrengedeck gekostet, weil er sie selbst nicht vermarkten kann. Ich soll unsere Kartoffeln anbieten als Produkt aus klutenfreiem Boden. Aber die Hürde muss ich erst einmal nehmen bei meinen Eltern."

Das erinnert mich an meine eigenen ersten Erfahrung im Lebensmittelhandel. Unser Nachbar im Dorf hatte einen Lebensmittelladen und fuhr einmal pro Woche auf den Markt in Attendorn (Wenn ich schon aus Versehen den realen Namen Meinerzhagen im Kapitel 14 erwähnt habe, darf auch Attendorn genannt werden. Schließlich ist das tatsächlich Geschehene längst verjährt.) Mir – dem etwas knappgehaltenen Schüler - hatte er angeboten, ich könne ihm in den Ferien gegen angemessener Bezahlung aushelfen. Dazu musste am Vorabend der Anhänger gepackt werden. Auch dabei sollte ich helfen. Als ich in sein Warenlager kam, war der Nachbar dabei, Butter zu portionieren, die er aus aus einem Holzfass hervorholte. Jeweils 250 Gramm wurden abgewogen und in Butterbrotpapier gewickelt.

Am nächsten Morgen schärfte er mir beim Eröffnen des Marktstandes ein, dass der Kunde König ist und auch so behandelt wird: „Wir haben alle Sorten Butter, die der Kunde wünscht."

„Lose Butter" war damals ein Qualitätsmerkmal etwa wie „Bio-Produkt" heute, geradezu ein Vorläufer eines Gütesiegels.

So verkaufte ich aus dem einzigen Behälter für Butter hinter der Theke alle gewünschten Sorten, nach denen die Kunden fragten. Nur griechische Butter hatten wir nicht. Schon damals Lieferschwierigkeiten!

„Hörst du noch zu?", fragt Heinrich. „Ja, hab aber gerade an früher gedacht, als es noch kein Relaunch gab", ist meine Antwort, „aber eines sage ich dir! Bei der Beerdigung musst du dabei sein. Pflichtprogramm. Da kannst du noch so viele Hausfrauen zu bewachen haben, da musst du hin. Beerdigung ist für den Ermittler eine Prüfung seiner Fähigkeit, etwas wie eine Zertifizierung. Da kann er seine Künste zeigen beim Deuten der Körpersprache. Das Unterbewusstsein der Teilnehmer will gelesen sein wie ein offenes Buch. Handbewegungen, Tränen, böse Blicke, ein Lächeln von Verschwörern..."

18

Und schon ist (vielleicht) der Tag der Wahrheit gekommen: Carola Girschs Beerdigung. Es ist mir nicht gelungen, ihr zu Lebzeiten eine literarische Beleidigung übelster Art zuzufügen. Das ist mein Schicksal. Zu oft komme ich mit meinen berechtigten Anliegen zu spät. Meinen Rachegelüsten kommt es aber gelegen, dass sie, diese widerliche Person, jetzt in der Blüte ihrer verdorbenen Jahre verscharrt wird.

Natürlich habe ich den schwarzen Anzug angezogen, an diesem Tag der Freude, besser der freudigen Erregung: Sie fährt ins Grab, und ich habe die Möglichkeit, durch meinen kriminalistischen Scharfsinn den Verursacher ihres Ablebens zu ermitteln, (dem ich seine Tat nicht wirklich verübeln kann).

Aus der Literatur und dem Fernsehen weiß man, dass der Ermittler oder sein Team in gebotener Entfernung die Vorgänge am Grab des gemeuchelten Opfers zu beobachten pflegen. Niemand denkt aber daran, schon vorher in der Friedhofskapelle nach gewissen Hinweise zu suchen. Auch dort sind Verhalten und Reaktion der direkt Betroffenen wichtig, dazu die der angeblich mitfühlenden Zuschauer. Unter Umständen müssten ebenfalls Reaktionen in den hinteren Reihen kontrolliert werden. Schließlich schleichen sich in der Regel verschmähte Liebhaber, Bettgenossinnen und uneheliche aber erbberechtigte Kinder gern auf diese Plätze! Auch könnten sich Rentner unter den Trauernden aufhalten, denen Carsten trotz ihres hohen Alters diverse unsinnige Versicherungen aufgeschwatzt hat. Natürlich sehe ich ein, dass beim Normal-Krimi im Fernsehen alle kameratechnischen Einstellungen in der Aussegnungs-Halle zwar der Ermittlung dienen, aber vom Zuschauer als zu pietätlos empfunden würden. Ein Umschalten auf einen anderen TV-Kanal kann der Regisseur deshalb - wegen möglicher sinkender Einschalt-Quote – mit solchen Kameraeinstellungen nicht riskieren, die er deshalb aus dem Drehbuch streicht. Es stört ja schon bei normalen Events, wenn sich einzelne Reporter oder Kamerateams ungeniert rücksichtslos lärmend vor dem Publikum auf oder vor der Bühne hin und her bewegen.

Ich habe Heinrich in die Friedhofskapelle beordert, um die von mir detailliert beschriebenen Beobachtungen durchzuführen. Ich selbst will mich nicht dem Gedränge von Kleingartenbesitzern, kreativen Frauen, Bewohnern der Siedlung Vautmecke und Kunden der von mir gemiedenen Autovermietungsagentur aussetzen. Nach meiner Eintragung in die ausgelegte Kondolenzliste (Heucheln steht jedem frei) habe ich mich wieder an die frische Friedhofs-Luft begeben. Ich höre den wartenden Sargträgern zu, die sich schmutzige Witze erzählen. (Heinrich würde sagen: „Es waren ein paar richtig gute dabei!")

Von den Worten des Pfarrers ist draußen nichts zu hören. (Falls es Hinweise in der Predigt gegeben hat, so verklausuliert sie auch gewesen sein sollten, wird mir Heinrich berichten.) Die Orgelmusik verklingt. Die Träger setzen ihre Zylinder auf und schieben den Transportkarren in die Kapelle. Wenige Minuten später kehren sie mit dem geschmückten Sarg darauf zurück und folgen dem Pfarrer, der den Trauerzug anführt. Heimlich und dezent habe ich mein Handy seitlich in Gesäßhöhe darauf gerichtet, um die ersten Reihen der Trauergäste zu dokumentieren. Hinter dem Sarg schreitet allein der Ehemann. Ihm folgt ebenfalls allein der Bruder. Angelehnt an die Bestimmungen der Sebastian-Schützen folgen ihm Frau Karina Knust und Jacqueline Speck auf gleicher Höhe. Wenn mich nicht alles täuscht, reden sie kein Wort und werfen sich gelegentlich giftige Blicke zu. (Zwei Ziegen verbeißen sich eine heftige Reaktion, sind nur bockig.) Daheim werde ich das Video analysieren. Mein Kollege Knust ist nicht erschienen und sicher durch eine Fachkonferenz der Sportlehrer verhindert, von denen es eine anstrengend große Menge im Laufe des Schuljahres gibt (nämlich zwei). In den nächsten Reihen sehe ich hinter den offensichtlich Betroffenen nur leicht bekümmerte oder entspannte Gesichter. Es folgen Menschen, die sich leise aber angeregt unterhalten. Das sind die, die nichts besseres zu tun haben oder glaubten teilnehmen zu müssen, sei es als kaum beteiligte Nachbarn, Kollegen, Mitglieder des Kleingartenvereins oder anderer Vereine, die Heinrich noch nicht ermittelt hat. Ein Mörder kann nur in den ersten Reihen zu finden sein oder viel weiter dahinter, gut getarnt unter denen, die nur aus gesellschaftlichen Gründen zwangsweise ihre Zeit hier verschwenden müssen.

Die Gemeinde versammelt sich im Halbkreis um die ausgehobene Grube. Auf der Grabstelle daneben gibt es Rabatten mit Geranien und Agonien (oder wie die heißen), diese typischen Friedhofsblumen. In diesem Jahr hat man sie schon vor den Eisheiligen gepflanzt. Das finde ich etwas verwegen. Eine Woche hätte man noch warten können – oder müssen!

Mir will nicht einleuchten, warum das Erdloch, in das der Sarg gesenkt wird, durch grüne Rasen-Imitate verbrämt wird. Falls es eine Auferstehung geben sollte, geht das auch ohne Kunstrasen. Und wenn es keine gibt, spielt das bei dem Anlass auch keine Rolle. Mit oder ohne kirchlichen Segen handelt es sich hier um die Verschleierung von Tatsachen. „Erde zu Erde" ist nun mal nicht „Erde zu Kunstrasen" usw. (Aber das ist ein kleiner Ausbruch von persönlicher Meinung, die zur Zeit bei uns erlaubt ist.)

Im Film oder in TV-Produktionen steht der Ermittler weitgehend verdeckt hinter einem hohen Grabstein. Der Zuschauer sieht ihm und den zu observierenden Trauergästen ins Gesichter, der Ermittler kann das bei dieser Kameraeinstellung aber nur die übrigen Teilnehmern von vorn sehen!

Wie soll der Detektiv bei dieser zuschauerfreundlichen Einstellung die Übersicht behalten? Er sieht direkt in die Kamera, nicht in die Gesichter der Zielpersonen So bleibt ihm nur die Chance, andere versteckte Beobachter im weiteren Umfeld (verhärmte Geliebte, schwule Konkurrenten oder ähnlich beliebte Verdächtige) hinter den Grabsteinen aufzuscheuchen und zu Aussagen zu verleiten. Der erste, der vom Grab weggeht oder

der letzte werden auch gern als mögliche Täter vom Ermittler angesprochen.

Übrigens verbietet die Friedhofsordnung auf diesem Gottesacker Grabsteine, die über die Höhe von 75 Zentimeter hinausragen. Wie soll da ein Vertreter von Recht und Gesetz eine Möglichkeit finden, von bösen Leuten unerkannt seiner aufklärenden Tätigkeit nachzugehen? Herumstehende Kleingehölze sind auch nicht an allen benötigten Stellen zur Hand.

Diesen ganzen Quatsch kann man mir nicht bieten. Ich suche mir - TV-Kamera-unwirksam aber effektiv - einen Platz innerhalb der Trauergemeinde, von dem aus ich frontale Sicht auf die relevanten Beteiligten habe.

Wieder nutze ich die Video-Funktion meines Handys. Zum Glück war Frau Girsch katholisch und damit der Auftritt des Geistlichen am Grab sehr kurz, was meine Aufnahme-Ressourcen schont und hinreichend andere Dokumentationen zulässt.

Heinrich hat sich wohl an Vorbildern aus Film und Fernsehen orientiert und die Zeichen der Zeit nicht erkannt, denke ich, denn er erscheint in 10 Metern Entfernung hinter einem Grabstein, für alle deutlich erkennbar.

Und was habe ich beobachtet? - enttäuschend wenig, kaum eindeutiges. Das Gesicht des Gatten war von Gram zerfurcht, drei am Grab verbrauchte Taschentücher! Bei Carsten nur eins – dazu versteinerte Miene. Aber wer kann schon zwischen Trauer- und Freudentränen unterscheiden? Kaum eine der anwesenden Frauen sah auf den Sarg. Sie wechselten Blicke, die ich auch unter mildernden Umständen als „gehässig" einstufen müsste. Bei den Männern fiel mir ein Herr mit grauen Schläfen auf, der wirklich bekümmert zu sein schien. Sein Bild ist natürlich in meinem Handy fixiert. Mir nicht bekannt, den Namen müsste ich noch erfragen. Oh wie weit sind wir noch von der Lösung des Falles entfernt!

Meine Hoffnung ist Heinrich, den ich am Ausgang treffe. Gesehen hat er aber nichts, was uns helfen könnte, zumindest nicht sofort. Eine Frau und ein Mann, unabhängig von einander, waren ihm in den letzten Reihen der Friedhofskapelle aufgefallen. Aber wie sie aussahen, kann er mir nicht beschreiben. Nachdem er sie aufnahm, hatte der Akku seines Handys aufgegeben. Ein Ladevorgang zur rechten Zeit hätte eine schnelle Identifizierung vielleicht ermöglicht. „Keep cool, Alter", ist sein Kommentar dazu. Junge Leute sind es nun mal gewohnt, sich selbst nichts zu merken. Und wenn die Technik versagt, ist es Schicksal, nicht ihre Schuld.

Er hat von einer „Friedhofs-Symbolik" gehört. Das scheint ihn zur Zeit wesentlich mehr zu interessieren. Statt die Bestattung aufmerksam zu beobachten hat er zu überprüfen versucht, wieweit die genannten Merkmale stimmen können. Angeblich möchte manche verwitwete Frau, selbst am Grab ihres Mannes, signalisieren, dass ihr eine Kontaktaufnahme angenehm sei. Dem Gerücht zur Folge würde sie an der Grabstelle die Gießkanne mit der Tülle nach hinten platzieren. Tülle nach vorn hieße dann: keiner soll mich ansprechen. So gesehen wäre jeder Friedhof – bei entsprechendem Bedarf – geradezu eine Art Kontakthof, zumal ein großer Teil der inzwischen wieder ledigen Beteiligten aus Altersgründen mit dem Internet nicht vertraut sind. (Dabei ist dieses Signal mit dem des Computers vergleichbar, der auch nur zwei Zeichen kennt: 0 oder 1.) Wobei die Tülle - im rechten Winkel ausgerichtet - zu erheblichen Verwirrungen führen könnte. Das gesagte gilt auch für verwitwete Männer, die aber entsprechend der Statistik für die hier betrachtete Altersklasse weit in der Unterzahl sind und damit die größeren Nutznießer. Heinrich fand das Signal nicht so praktisch, wenn die Tülle nach hinten zeigte, das Gesicht dagegen nach vorn. Die Tülle war dann vielleicht okay, das Gesicht aber nicht sichtbar. Und nach seiner

Meinung müsste bei dieser Konstellation zumindest ein Knack-arsch geboten werden. Heinrich hat gut reden. Der sollte erst in das entsprechende Alter kommen.

Alles gut und schön. Das hat aber nichts mit unserem Fall zu tun!

Schnell spiele ich Heinrich meine Videos vor. Da kann er mal sehen, dass sich verantwortungsbewusste Fahnder mit rechtzeitigem Aufladen ihrer Geräte zielführender verhalten. Diese Rüge nimmt er nicht einmal wahr. Aber mir fällt beim letzten Video etwas auf: „Heinrich, der ältere Herr neben Gisbert hat einen dezenten aber offensichtlich amerikanischen Schlips!" „Hä?", fragt Heinrich fassungslos, „hast du den Kaufbeleg gesehen oder was?" Jetzt kann er einer notwendigen Belehrung durch einen versierten Vertreter der Branche nicht mehr entgehen: „Nein, aber auf seiner angemessen dezenten Krawatte verlaufen die Streifen, wenn du ihn ansiehst von links oben nach rechts unten. In Europa ist das immer umgekehrt. Es könnte also ein Verwandter aus Übersee sein. Mach dich auf die Socken und sieh nach, wohin er geht. Er wird ein wichtiger Zeuge sein, hoffe ich." Heinrich mault: „Nach dem anstrengenden Vormittag im Bioladen wollte ich jetzt erst einmal schöpfen gehen. Da war eine Kundin, die hat mich schrecklich genervt, weil sie unbedingt veganen Käse aus Tofu haben wollte." - Noch ist die langsam gehende Zielperson in unserm Blickfeld und ich frage: „Schöpfen gehen? Heißt das, dass du deine Freundin final beglücken willst? Ist eure Beziehung schon so weit gediehen?" - „Quatsch", sagt Heinrich, „Wenn der Eber Schöpfen geht, ist's fürs Bremsen oft zu spät. - altes Sauerländer Sprichwort." - „Und was soll das bedeuten?" - „Als Deutschlehrer solltest du wissen, dass der Reim oft wichtiger ist als die Bedeutung. Sagen wir mal so: Es könnte eine Warnung für Autofahrer sein, weil schöpfen „trinken" bedeutet. Am

Stammtisch heißt es, dass jemand, der sich besaufen will, kaum zu bremsen sein wird."

„Verstanden, jetzt aber hinter ihm her! Wir treffen uns im „Erlenkrug". Da will ich vom Tresen aus den Beerdigungs-Kaffee der Angehörigen beobachten."

Gesagt getan. Die Kneipe ist nicht zu weit vom Gottesacker entfernt, und so treffen nach und nach die von den Angehörigen eingeladenen Gäste zu Fuß ein. Ich habe mich beeilt, mein Bier bestellt und etwas verwundert zur Kenntnis genommen, dass ein junger Porsche-Fahrer, den ich vorhin noch vor der Gaststätte beim Aussteigen gesehen habe, jetzt als erster im Gesellschafts-raum vor den Brötchen-Hälften sitzt mit einem Cognac-Glas in der Hand. (Alle Achtung, Geliebte verscharrt und als erster schöpfen gehen! - oder so ähnlich – geht es mir durch den Kopf.)

Bald erscheint auch Heinrich in gemessener Entfernung hinter dem älteren Herrn und setzt sich zu mir an die Theke. Witterungsbedingt bleibt bei geöffneten Türen der Blick frei auf die geschlossene Gesellschaft.

Einige Zeit widmen wir uns dem Sauerländer Bier, denn es wird etwas dauern für relevante Beobachtungen. Heinrich wird unruhig und rutscht auf dem Barhocker hin und her. „Keep cool, Alter", zitiere ich ihn, „Geduld ist die Mutter des Frohsinns – altes Sauerländer Sprichwort! Kaffee löst nicht so schnell die Zunge. Emotionale Ausbrüche sind erst zu erwarten, wenn die Schnäpse gereicht werden und das Gelächter beginnt. So geht das zu beim „Fell versaufen".

Zwischen Carsten und Gisbert sitzt der Mann mit der amerikanischen Krawatte – quasi als Pufferzone. (Das erinnert mich an eine Beerdigung, bei der ich von einer Angehörigen bewusst zwischen ihr und einer anderen Verwandten platziert wurde, aus genau diesem Grund.) Ihn muss ich unbedingt ansprechen, wenn er erstmals auf dem Weg zur Toilette an mir vorbeigeht.

Kaffee treibt. Darauf ist Verlass. Also kommt er bald in meine Nähe. „Mister", spreche ich ihn an, „Kommen Sie aus den Vereinigten Staaten?" Verblüfft bleibt er stehen und fragt: „Nein, aber aus Kanada. Wie sind Sie darauf gekommen?" - „Die Streifen Ihrer Krawatte. Und weil Sie hier sind, müssen Sie doch ein naher Verwandter der Verstorbenen sein."

„Erstaunlich, was Sie kombinieren, aber entschuldigen Sie mich, ich muss mal. Auf dem Rückweg würde ich mich gern mit Ihnen unterhalten."

Meine charmante Art hat gewirkt, und so bleibt er, als er zurückkommt, bei mir am Tresen stehen. Ja, er ist der Onkel von Carola und Carsten. Er ist ausgewandert, weil er als promovierter Biologe in Deutschland keine Chance hatte, wenigstens so gut wie die Putzfrau im Institut für Genetik bezahlt zu werden. Grundlagenforschung wird hier nicht gefördert, wenn sie nicht in absehbarer Zeit militärisch nutzbar ist. Da muss man eben dieses reiche, hoch industrialisierte Land verlassen, falls man nicht Aufstocker von Harz 4 werden will.

Jetzt organisiert er Schiffsreisen auf dem Ontario. Den ganzen akademischen Scheiß hat er abgeschrieben. In zivilisierten Ländern fragt man nicht nach Zeugnissen sondern nach Fähigkeiten.

Und der Tod seiner Nichte? Bedauerlich, er hat sie gemocht. Als ihre Eltern ihn mit den Kindern besucht haben – bei ihrer Reise aus Anlass ihrer Silberhochzeit – haben er und seine inzwischen verstorbene Frau sich sehr gefreut. Wegen der Beerdigung hat Carsten ihn informiert. Selbstverständlich ist er gekommen.

Ob die Kinder sich damals schon für außergewöhnliche Pflanzen interessiert haben, weiß er nicht, erinnert sich aber, dass sie eine oder mehrere Zierpflanze mitgenommen haben, die man nur schwer am Zoll vorbei schmuggeln konnte, und natürlich Samen, im Strumpf versteckt. Mein Foto vom runzeligen Wasserdost löst Zweifel aus: könnte sein, könnte nicht sein. Schließlich ist er kein Botaniker, und der Garten war Sache seiner Frau. Jetzt muss er aber wieder zu den Seinen. Morgen fliegt er zurück.

19

Heute war Freitag der Dreizehnte. Nichts ist passiert, rein gar nichts! - Oder habe ich etwas nicht wahrgenommen? So etwas kann vorkommen.

Am Tag, an dem in Paris die Bastille gestürmt wurde, schrieb der französische König Ludwig der Sechzehnte in sein Tagebuch: „rien", das heißt „nichts".

Manchmal fühle ich mich wie ein König.

20

Pfingsten, das war für mich früher immer verbunden mit Pfadfinderlagern und unendlich viel Regen. Am letzten Ferientag – damals gab es noch mehr als einen Tag frei – habe ich zurückkehrende durchweichte müde Jugendliche vor Augen, die einen Platz suchten zum Trocknen der Zeltbahnen, und sie rochen immer wie ein mühsam gelöschtes Feuer. Heute, am Pfingstmontag, ist der Tag der Kalten Sophie, denn in diesem Jahr fällt Pfingsten mit den Eisheiligen zusammen. Das kommt davon, wenn Ostern schon im März gefeiert wird. Aber von Kälte keine Spur, 18 Grad und Sonnenschein. „Klimawandel" sagen die einen, „Zufall" die anderen.

Gestern habe ich Aufsätze korrigiert, heute mache ich Pause. Ich bin noch beim Frühstück, da schellt es. Oh nein! Nicht wieder einer, der heute „mit Zungen" reden will, obwohl gerade Pfingsten (laut Bibel) die Gelegenheit bestünde, dass jeder jeden versteht. Zum Glück ist es kein Missionar, der mir ein neues, besseres Leben aufzwingen will. Ein ehemaliger Schüler steht mit bekümmertem Gesichtsausdruck vor mir, in der Hand eine schlaff herabhängende Schlange. Er bittet um meine Hilfe. In meinem Arbeitszimmer erklärt er sein Anliegen näher. Bei dem Wetter heute hat er draußen gefrühstückt, am Sitzplatz vor einer Mauer am Hang. Plötzlich hat etwas seinen Rücken berührt und er hat reflexartig danach geschlagen und wurde gebissen. Die Täterin hat er getötet und mitgebracht. Die Giftnotrufzentrale hatte er am Telefon erreicht. Die haben ihn an einen Tierarzt verwiesen, weil sie nur helfen können, wenn er ihnen sagen kann, was für eine Schlange ihn gebissen hat. Da hat er den Notdienst der Tierärzte ermitteln und weit fahren müssen. Immer mit der Angst, das Gift könnte inzwischen zu wirken beginnen. Der Tierarzt hat gesagt, dass er keine Ahnung von Schlangen hat. Sein Gebiet sind Großtiere. Er solle sich an die Giftnotrufzentrale wenden. Da ist ihm der alte Bio-Lehrer eingefallen.

„Meines Wissens gibt es im Sauerland keine Kreuzottern, zumindest nicht hier", sage ich, „die lieben Moore und Heidelandschaft. Erst mal Entwarnung. Ich tippe auf eine Ringelnatter." Aber ganz sicher war ich mir nicht, habe erst nur Souveränität vorgetäuscht. So haben wir beide in einem meiner Bestimmungsbücher geblättert: Keine Kreuzotter! Die haben keine runden Pupillen, und die anderen Merkmal bestätigen: Ringelnatter, also harmlos.

Wenn der geneigte Leser glauben sollte, es handle sich bei diesem Abschnitt um eine Verlegenheitslösung, um Seiten des Buches zu füllen, der sei hiermit dezent darauf hingewiesen, dass tatsächlich ein Zusammenhang mit dem Fall besteht: Es geht um Gift! Es geht um eine Schlange, die (biblisch gesehen) den Mann durch die Hand einer Frau ins Verderben führt. Es geht auch um Tierärzte. Manche haben die möglichen Gefahren von Tieren für Tiere nicht immer voll im Blick. Auch wird zu wenig auf die Fressgewohnheiten der Tier geachtet, die Menschen zum Verhängnis werden können. Was hätte der konsultierte Tierarzt vom Wochenendnotdienst übrigens wegen seiner eingeschränkten Sachkenntnis tun können, falls etwa ein Pferd oder eine Kuh von einer Schlange gebissen worden wäre? Die Giftnotzentrale anrufen oder einen Biologielehrer fragen?

Nun gut, man könnte das in unserer Zeit auch einfacher lösen, indem man mit dem Handy ein Bild oder mehrere Detailfotos an die Giftnotrufzentrale schickt, um das Problem mitzuteilen. Die haben sicher genügend sachkundige Experten an der Hand, die gezielte lebensrettende Informationen geben können. Da braucht man nicht mehr Feld-Wald- und Wiesen-Doktoren, die über Rinderbesamung hinaus das im zweiten Semester vorübergehend erworbene Fach-wissen vergessen haben.

Ich fahre das Laptop hoch, und schon steht Heinrich neben mir, den ich in den nächsten Minuten per Telefon herbeizitieren wollte. „Herr und Meister, du hast mich gerufen.", sagt er und macht eine leichte Verbeugung. Pfingsten ist nun mal die Zeit oder der Tag, da jeder die Sprache des anderen versteht – so sagt man. Heinrichs Verhalten führt dazu, dass ich die vorbereitete Strafpredigt nicht halte. Eigentlich wollte ich ihn mit der Tatsache konfrontieren, dass er seit sechs Tagen kein konkretes Ermittlungsergebnis geliefert hat. Mein Anteil an der Untersuchung musste aus beruflichen Gründen ja leider temporär gering bleiben. Außer ein paar Überlegungen theoretischer Art war neben der Sicherung meines Broterwerbs im angegeben Zeitraum nun einmal nichts möglich.

Heinrich hat meinen Gesichtsausdruck gesehen und beeilt sich, neue Fakten und Vermutungen darzulegen: Nach dem Obduktionsbericht ist Frau Carola Girsch durch Tremetol gestorben, das Gift des Runzeligen Wasserdost. Er hat zur Kontrolle mein

Lexikon der Pflanzengifte befragt. Darin ist es nicht zu finden, weil es in keiner in Europa natürlich vorkommenden Pflanze nachgewiesen werden konnte. Carolas Ehemann Gisbert hat nach der Beerdigung seiner Frau seinen Jahresurlaub genommen und ist nach Ibiza geflogen. - Vielleicht ein Fehler, denn er wurde von Heinrichs Kumpel, (der aber vorerst nicht genannt werden möchte, weil in ähnlicher Situation), am Urlaubsort mehrfach mit einer jungen Frau in sehr vertrautem Umgang gesehen. Ihn hat er eindeutig erkannt, die Frau schon einmal in Erloh gesehen, glaubt er, ist sich aber noch nicht ganz sicher.

Dem Förster, mit dem Heinrich ein Schwätzchen gehalten hat, ist aufgefallen, dass Carsten Siepmann gelegentlich seine Ziegen zum Weiden auf eine Waldlichtung führt. Schließlich reicht seine Gartenfläche nicht für die Anzahl der Ziegen aus, obwohl vor ein paar Wochen eine davon ohne ersichtlichen Grund eingegangen ist. Zuletzt hat er ihn in der Nähe des leicht sumpfigen Naturschutzgebietes gesehen, wo unter anderem Orchideen wachsen wie das gefleckte Knabenkraut.

In diesem Zusammenhang sollten wir uns an die Aussage von Heinrichs Mutter erinnern, der aufgefallen war, dass Carola Girsch bei ihr Ziegenmilch kaufen wollte, obwohl sie die auch von ihrem Bruder hätte bekommen können.

Zur Ergänzung: Ein nicht weiter bekannter Neukunde hat ebenfalls im Bioladen nach Ziegenmilch gefragt.

Das sind Fakten, aber in dieser Form noch nicht beweiskräftig. Machen wir es also wie einige Heimatforscher im Sauerland: Wo keine Beweise sind, kann man auch „muten". Zum Beispiel gibt es bei uns in der Nähe im Wald ein geheimnisvolles Wasserloch, das angeblich ein Ort mit besonderer Ausstrahlung sein soll. Eine Gruppe mutiger Männer hat gemutet, dass an dieser Stelle eine besondere Art von Strahlung zu spüren ist, der man sich mittags nicht länger als 15 Minuten aussetzen sollte. Gemessen hat keiner irgendeine Strahlung, aber verabredungsgemäß haben das alle gespürt, im Bauch, tief drinnen, also gemutet. Und damit war das als ein Fakt bewiesen und konnte als Forschungsergebnis veröffentlicht werden. Einer von denen bekam für diese und andere Vermutungen das Bundesverdienstkreuz.

Wir aber wollen ein wenig seriöser vorgehen und entwickeln erst einmal vorläufige Theorien:

Erste Möglichkeit: Carola Girsch hat die Ziegen mit Runzligem Wasserdost gefüttert, um ihren Bruder zu vergiften. Um selbst gesund zu bleiben, hat sie für sich an anderer Stelle Ziegenmilch gekauft. - Frage: Warum wurde sie trotzdem dadurch vergiftet?

Zweite Möglichkeit: Sie wollte ihren Mann vergiften, der aber ihre Absicht erkannt hat. Den entscheidenden Trunk hat er nicht genommen, sondern die Milchflaschen getauscht.

Dritte Möglichkeit: Der Bruder hat die Ziegen mit der Giftpflanze gefüttert, um die Schwester zu vergiften. - Wie hat er das geschafft, obwohl sie „seine" Milch nicht mehr getrunken hat? - Hatte er einen Weg gefunden die Flaschen oder deren Inhalt zu tauschen?

Vierte Möglichkeit: Gisbert Girsch hat Frau und Schwager durch das Füttern mit Runzligem Wasserdost zu vergiften gesucht, um nach dem Ableben seiner nicht mehr gemochten Ehefrau deren Erbe an sich zu bringen.

Fünfte Möglichkeit: Es war alles ganz anders.

Da das Wetter schön ist, kann ich Heinrich zu einem Versuch der Beweissicherung in freier Natur überreden. In meiner Wanderkarte ist das betreffende Naturschutzgebiet nicht eingezeichnet, weil man es vor interessierten Laien schützen muss. Mir aber ist es bekannt. So mache ich mit Heinrich einen Pfingstausflug, etwas beschwerlich, immerhin insgesamt zwei Stunden zu Fuß. Als Heinrich vor Ort schon mit Blick auf sein Handy aufgeben will, entdecke ich Pflanzenreste, die eindeutig als Runzliger Wasserdost zu identifizieren sind. Ob sie abgerissen, abgeschnitten oder abgegrast wurden, werden uns Lupe oder Mikroskop zeigen. Ein Büschel Halme schneide ich als Beweismittel ab, nachdem ich Einweg-Handschuhe angezogen habe, und verstaue sie sorgfältig in einer Plastiktüte. Vielleicht kann man den Ziegenhalter mit dem Hinweis auf eine Speichelprobe oder der Zahnformel seiner Ziegen unter Druck setzen. Der Ziegenverbiss könnte entscheidend sein für die Aufklärung des Falles!

Das ist aber nur der erste Teil unseres Feiertagsausflugs. Am fröhlichen Treiben rund um das Gemeinschaftshaus des Kleingartenvereins Sonnenhöhe vorbei bewegen wir uns zielstrebig zum Garten des Witwers Girsch. Unsere Pflanzenkenntnis hat in den letzten Wochen enorm zugenommen, und so nehmen wir auch dort ohne langes Suchen eine Probe der Restbestände von Runzeligem Wasserdost.

Heinrichs Körpersprache deutet auf Sehnsucht und Eile hin. Soll er gehen! Leider bin ich sehr viel besser mit überragenden Fähigkeiten eines Privatermittlers ausgestattet als mit den notwendigen materiellen Mitteln, mit denen ich sie zur vollen Anwendung bringen könnte. Deshalb schärfe ich ihm ein, weil uns Material fehlt, um Speichelproben bei den Ziegen nehmen zu können, muss er unbedingt seine Angebetete um entsprechende technische Hilfe bitten. Und da ich gerade dabei bin, ihn mit unangenehmen oder schwierigen Aufträgen zu betrauen, habe ich noch eine zusätzliche Bitte: Falls möglich, soll er versuchen, aus dem Papierkorb der Pathologie an irgendwelche aufgezeichnete Diagramme oder Kurven zu kommen, mit denen man unbedarfte Zeugen, Auftraggeber oder Mörder beeindrucken kann. Zur Not kann er behaupten, ich brauchte so etwas als Anschauungsmaterial für den Biologieunterricht. Er nickt widerwillig, bekommt gerade eine SMS, liest sie, strahlt wieder. Eilig macht er sich auf den Weg. „Viele Grüße, und Aufträge nicht vergessen!", rufe ich ihm nach.

21

Am Abend betrachte ich meine Beweismittel zunächst mit der Lupe. Kein eindeutiger Befund! Selbst wenn ich einen bekommen würde, wie kann ich die Pflanzenreste so behandeln oder lagern, dass ein Fachlabor in absehbarer Zeit meine Ergebnisse bestätigen könnte? Ich teile die Proben von jedem Fundort in drei Bündel auf. Je eines schweiße ich in einen Tiefkühlbeutel ein und bringe es in die Kühltruhe, eins stelle ich in ein Glas zum Trocknen und eins in ein Glas mit Wasser. Bleibt zu hoffen, dass wenigstens bei einer der Behandlungsarten später noch nachgewiesen werden kann, von wem oder wie das Oberteil der Giftpflanze abgetrennt worden ist. Meines Wissens betrete ich gerade kriminologisches Neuland (obwohl mir die technischen Mittel noch nicht zur Verfügung stehen, um sofort Ergebnisse zu erzielen). Sollte es anders sein, wäre meine Ermittlungsmethode längst in einem Fernseh-Krimi aufgetaucht. Die Drehbuchschreiber verwursten doch sofort alles, was ihnen zu Ohren kommt.

Nachgewiesenes Abreißen oder Abschneiden wären im Ergebnis gleich und würde bedeuten, dass das Gift zu den Ziegen gebracht wurde. Abbeißen würde die Anwesenheit der Ziege oder Ziegen am Standort der Pflanzen beweisen. - Eine Kuh ist theoretisch auch nicht ganz auszuschließen. Aber welcher Bauer würde für einen auch sonst nicht einfach zu bewerkstelligenden Mord kurzfristig bei der Vermarktung auf 40 bis 120 Liter Milch verzichten? Das würde doch auffallen und in der Molkerei dokumentiert werden.

Der Nachweis, wer abgebissen, gekaut und verdaut hat, wäre der nächste Schritt. Zu unserem Vorteil hat der Himmel in den letzten Tagen nur eine geringfügige Feuchtigkeits-Kosmetik geboten und damit die Kleingärtner erzürnt, deren Wasserreserven schon arg reduziert worden sind. So aber können wir hoffen, noch DNA-Spuren an den Stängeln zu finden. Ein Abdruck des entsprechenden Ziegengebisses jedoch kann man schwerlich heimlich oder mit Erlaubnis des Halters erreichen, und damit leider auch keinen Vergleich mit einer Fraß-Spur. Bei Zahnärzten sind keine Vergleichs-aufnahmen hinterlegt, im BKA-Computer keine auffällige Ziege zu finden, höchstens alte Böcke und renitente Zicken.

Wie mir jetzt einfällt, haben wir nicht daran gedacht, am Fraß- oder Entnahme-Ort auf Fuß- oder Klauen-Spuren zu achten. Zumindest im leicht sumpfigen Naturschutzgebiet müssten sie auch jetzt noch zu finden sein. Bei dem guten Wetter könnte sich Heinrich in der Lage sehen, mit seiner Freundin bei einem ausgedehnten Spaziergang auf wenig begangene Waldwegen unter frisch-grünem Laub einen Ort zu erreichen, wo auch Orchideen wachsen. Warum er dabei neben einer Wasserflasche auch noch ein Tüte Gips dabei hat, wird sie vor Ort erfahren...

Unter dem Mikroskop finde ich bei allen Proben nur, dass sie glatt abgeschnitten sind. Wäre auch zu schön gewesen! Wenigstens den Zeitpunkt der Entnahme sollte man bestimmen können durch das Ausmaß des möglichen Bakterien- oder Pilzbefalls an der Schnittkante. Bei Mordopfern kann man doch auch den Todeszeitpunkt feststellen oder eingrenzen. Leider hat aber die hohe Schule der Ermittlungskunst in diesem Bereich noch keinen Eingang in die Niederungen polizeilicher Untersuchungsmethoden gefunden. Und ob sich diese Apparate-Heinis dazu bewegen lassen, auch einmal den Zeitpunkt der Verwundung einer Pflanze zu untersuchen, sei dahin gestellt.

Trotzdem werde ich Heinrich ein beglückendes Naturerlebnis – welcher Art auch immer – andienen. Denn Spuren müsste auch derjenige hinterlassen haben, der die Giftpflanzen in böser Absicht der Natur – oder seiner heimlichen Anpflanzung - entnommen hat. Als dekorative Schnittblume ist sie im Mai schließlich noch nicht geeignet.

Wir haben Siepmanns Tränke nicht überprüft! Dort kann auch Runzliger Wasserdost wachsen! Blöd, dass mir das jetzt erst einfällt. Hätte ich doch meinen Traum aus Kapitel 12 besser beachtet, in dem Carsten Siepmann sagt, dass er eine neue Tränke einrichten musste: „... an der sumpfigen Stelle, wo der Wasserdost steht..." Die anderen Standorte zu überprüfen war ein Spaziergang. Heimlich oder offiziell unter einem Vorwand auf seinem Grundstück zu ermitteln, immer unter möglicher Beobachtung der Nachbarn, das ist ein hohes Risiko – „eine Challenge" würde Heinrich sagen. Und ich werde behaupten, dass ich die Tränke längst im Auge hatte, aber hoffte, durch die Ergebnisse an den anderen Standorten gefahrloser zum Abschluss zu kommen.

Nun gilt es, einen plausiblen Grund für das Betreten des Grundstückes zu finden. Wir könnten uns als Vertreter des Veterinär-Amtes ausgeben, die auf Anfrage des Ordnungsamtes routinemäßig den Gesundheitszustand der Ziegen begutachten sollen – zumal neulich eine ohne erkennbaren Grund eingegangen sein soll. Anlass ist der anonyme Anruf eines Tierschützers beim Ordnungsamt, in dem der Verdacht geäußert wurde, es könne ein Verstoß gegen das Tierschutzgesetz vorliegen. - Hört sich zunächst gut an. Mich kennen aber zu viele Menschen in Aumecke und Vautmecke. Heinrich wird man die Rolle bei seinem Aussehen und Auftreten nicht abnehmen. Fremdpersonal dafür anheuern? Nein!

Besser ich rufe Carsten Siepmann an und bitte um einen Termin für eine Beratung bei ihm wegen einer Versicherung. Falls mich dann jemand auf seinem Grundstück sieht – natürlich zu einer Zeit, die er für das Treffen ausgeschlossen hat – kann ich behaupten, dass ich die Terminabsprache falsch verstanden habe und deshalb vor verschlossener Tür stehend beschlossen habe, im Garten und im Stall nachzusehen, ob er noch dort beschäftigt gewesen sei.

22

Heinrich hat im Moment wohl nicht genügend Aufträge für Observierungen und nervt, als ich ihn am Telefon habe. Er knurrt: „Wenn ich nicht bald was an deinem Fall verdienen kann, sollten wir aufgeben." Aufgeben geht nicht. Mein rechter Zeigefinger ist fast wundgeschrieben und hofft auf einen Abschluss, der seine Leiden nicht vergeblich sein lässt.

Ich unterrichte ihn über meine Untersuchungsergebnisse und Überlegungen vom Vortag. Seine Laune wird besser. Bei Siepmann als Kunde aufzukreuzen, gefällt ihm. Und egal was wir herausfinden, wir müssen später noch einmal dringend mit Carsten Siepmann reden, weil sein Schwager derzeit nicht greifbar ist. Wir müssen ihm anbieten, den Fall lösen zu können. Schließlich beharrt Heinrich als selbständiger und steuerpflichtiger Ermittler auf einem angemessenen Honorar. Heinrich sieht das auch so und sagt zu, jeden Termin mit mir bei Carsten Siepmann wahrnehmen zu können und zu wollen. Er hat aber noch eine wage Spur, der er heute nachgehen möchte. Es ist ihm zu Ohren gekommen, wer die Begleiterin des fröhlichen Witwers sein könnte. Er ist auf Kriegspfad, Verbindung zur Not über Handy.

Ich rufe bei Siepmann an, um einen Termin zu vereinbaren. Es geht um den Abschluss einer Versicherung. Konkret gibt es sogar einen echten Anlass: Meine Schule hat ein neues Schließsystem bekommen. Bei Verlust des neuen Schlüssels wären etwa Tausend Euro fällig. Da macht doch eine Versicherung Sinn!

Siepmann ist heute und morgen unterwegs, könnte aber am Donnerstag um 14 Uhr bei mir sein. Zu diesem Termin, möchte ich ihn aber aus familiären Gründen – so behaupte ich – nicht in meiner sondern in seiner Wohnung treffen. Dazu möchte ich einen potentiellen zweiten Neukunden mitbringen. Es geht um Heinrich Hiesken, der sich für eine speziell Haftpflichtversicherung interessiert. Er ist einverstanden. Also Donnerstag um 14 Uhr.

Kaum habe ich mein Arbeitsblatt für die nächste Deutschstunde in Klasse 7 erarbeitet und ausgedruckt, erscheint auf meinem Handy eine SMS von Heinrich:

„Hallo Frau Schulz von der Uni zu tun und die anderen auch nicht mehr zu bieten hat mich telefonisch oder per Post oder nicht zielgerichtete Banner und die anderen auch nicht mehr zu bieten hat die unten angeführt werden kann und dann noch die bei der ich die beiden sind Tiere und ich habe oder nicht ausreichende Daten und Informationen zu den einzelnen Kategorien und die haben sich schon wieder ein wenig mehr Zeit zum Lesen und die haben sich in der Schule zu gehen ist es auch gut.“

Mein Puls beschleunigt sich wie bei einem Rennfahrer. Was ist Heinrich zugestoßen? Was will er mir mit seiner verschlüsselten Botschaft mitteilen? Ist er in Lebensgefahr? Die Parameter seiner Verschlüsselung kenne ich nicht, weiß auch nicht, ob er sie mir jemals genannt hat. Hat man ihn entführt und zu dieser Botschaft gezwungen? Ist er in der Hand des Mörders, der den erfolgreichen Ermittler zum Schweigen bringen will? - Ich bin völlig verwirrt!

Aber ich muss handeln! Zunächst will ich prüfen – so weit bin ich doch noch klar – ob es einen Hinweis auf seiner Mailbox geben kann. Also wähle ich seine Festnetz-Nummer, und – oh Wunder – er meldet sich munter: „Na, Meister, schon fertig mit der Unterrichtsvorbereitung und bereit für weiter Recherchen?" - „Wie", frage ich völlig perplex, „Geht es dir gut? Was sollte deine letzte SMS?" - „Wieso?", fragt er irritiert, „was für eine SMS?" - „Dann guck mal nach, was du mir mitgeteilt hast!" - „Au Scheiße, was ist das denn?", höre ich kurz danach, und dann brüllt er: „Kevin, hast du schon wieder mit meinem Handy gespielt?" und im Hintergrund leise eine Kinderstimme: „Kevin telefoniert hat." Dann höre ich ein Stöhnen und Heinrichs resignierte Worte: „Vor dem ist auch nichts sicher!" „Sei doch froh, wenn dein Neffe mit 4 Jahren schon schreiben kann, egal was dabei herauskommt, der Sinn ist mir zwar nicht klar, aber so viele richtige Wörter! Das scheint fast ein Wunderkind zu sein, zwei Jahr vor der Einschulung!" - „Der hat kein Wort geschrieben, nur wild auf Tasten gedrückt", sagt Heinrich, „das ist doch das Problem beim Schreiben einer Nachricht, die Automatik, egal was du schreibst: das Handy macht nach dem ersten Buchstaben schon einen Vorschlag für das nächste Wort, und wehe du siehst nicht hin und korrigierst! Kevin hat einfach nur auf irgendwelche Tasten gedrückt."

23

Vor der Expedition in die Vautmecke (Kommando Ziegenstall) schellt Heinrich am Mittwoch bei mir und berichtet in meinem Arbeitszimmer, dass er die Identität von Gisberts Gespielin ermitteln konnte, mit der dieser sich gerade im sonnigen Süden vergnügt. Sie heißt Marion Schöne, wohnt in Erloh, ist ledig, etwa 30 Jahre, in vielen Kneipen gern gesehen, arbeitet hinter der Fleischtheke im Supermarkt in der Hauptstraße. Mein Kommentar: „Gisbert hat sie demnach dort bei der Suche nach Frischfleisch aufgetan." - „Übrigens kann man in dem Supermarkt haltbare Ziegenmilch kaufen!", ergänzt Heinrich und trägt die Erkenntnisse in unsere Akte ein. Über seine Schulter lese ich dann: *Intensität von Marion Schone enddeckt …* „Lieber Heinrich", muss ich da eingreifen, „du musst auf Wortwahl und Rechtschreibung achten!" - „Wieso? Du verstehst doch, was ich meine, egal ob ich es ganz richtig geschrieben habe oder nicht? Bist du das nicht gewöhnt von den vielen Aufsätzen, die du lesen musst?", mault er.

„Das mag sein, aber bei amtlichen Schreiben wäre das fatal", erkläre ich ihm, „Ihre „Intensität" kannst du nur nach persönlichem (sehr persönlichem) Kontakt mit dieser Dame beurteilen. Außerdem geht es bei ihrem Namen um Schönheit, nicht um Schonung. Und zum Schluss: Wer sollte sie am Ende gedeckt haben? - Falls du bei so schlampigem Umgang mit der Rechtschreibung eine Karriere beim Bundesnachrichtendienst anstreben solltest, keine Chance. Die Hälfe der Bewerber fällt schon beim Eingangstest wegen ihrer Rechtschreibung durch!" - „Ich will aber nicht zum BND, und was soll der Quatsch mit der Rechtschreibung. Spionieren geht doch ohne", antwortet mein Detektiv.

„Habe ich auch erst gedacht", räume ich ein, „aber stell dir vor, man sagt dir, du sollst den Suchbegriff „Islam" in den Computer eingeben, um Mails mit Hinweisen auf Hassprediger herauszufiltern, und du schreibst aus Versehen oder wegen mangelnder Orthografie-Kenntnisse „Isslamm". Da wirst du nur Rezepte für Braten und Eintöpfe finden. Und falls du „Islahm" eingibst, dreht sich alles nur um Gestüte und Pferderennbahnen.

Möglicherweise kannst du noch einen Moslem als Legastheniker enttarnen, mehr aber nicht."

Heinrich scheint meine Predigt nicht zu gefallen. Deshalb holt er aus seiner Tasche einen weißen Gips-Klumpen und legt ihn auf meinen Schreibtisch. „Größe 44!", sagt er knapp. Kann kaum eine Frau sein." Dann packt er Stäbchen für DNA-Proben aus. Hat er gut gemacht! Kurven und Diagramme von der Untersuchung irgend-welcher Chemikalien werden nachgeliefert, hat Marie versprochen. Aber wir sollen ja nicht denken, dass sie unsere Proben in ihrem Labor bearbeiten kann!

Klar, das können wir nur in einem Privatlabor machen lassen. Schließlich flirtet Heinrich nur mit der Angestellten, nicht mit dem Chef. Ob wir es machen lassen, hängt davon ab, wer bereit ist, uns damit zu beauftragen und auch die restlichen Bemühungen angemessen zu entlohnen. Heinrich wird das Geld einstreichen und ordnungsgemäß (zumindest zum Teil) als Einnahme seiner Detektei HMD versteuern. (Für mich wäre das ein nicht genehmigter Nebenerwerb.) - Die Teströhrchen und Diagramme können wir allen potentiellen Auftraggebern als Anreiz oder Drohung vor die Nase halten.

Wir brechen auf, parken vor dem Hause Siepmann und schreiten lässig auf die Tür zu, diesmal weniger schwer bewaffnet als beim letzten Mal. Kein Nachbar in Sicht, aber einige Fenster der Wohnungen im Umfeld sind geöffnet. Bei der sommerlichen Wärme kein Wunder. Wir schellen ordnungsgemäß, warten ordnungsgemäß, schellen ordnungsgemäß noch einmal, warten. Dann drehen wir uns etwas in Richtung möglicher Beobachter, schauen mehrfach demonstrativ auf die Uhr, Reden mit Händen und Füßen, zucken die Achseln, gehen dann seitlich am Haus vorbei und rufen: „Herr Siepmann?" Wenn Zuschauern unsere ehrliche Absicht jetzt nicht klar geworden ist – wir haben unser Bestes getan!

An der Tränke steht eine Staude Runzeliger Wasserdost in voller Knospe. Nur wenige Stängel sind abgerissen? abgebissen? abgeschnitten? - Wir nehmen Proben und wenden uns dem Ziegenstall zu. Die Verriegelung ist primitiv, stammt noch aus der Nachkriegszeit. Dass die beiden Ziegen nicht ausgebrochen sind, ist mir rätselhaft. Die Individuen, mit denen ich mich in meiner Kindheit herum plagen musste, hätten das locker geschafft. Da ich von damals noch der Ziegensprache fast mächtig bin, meckere ich den beiden ein paar Sätze vor, ohne sicher zu sein, dass sie mich wirklich verstehen. Sie scheinen aber halbwegs zutraulich zu sein. Wir reichen etwas Heu, kraulen die Hälse, und nach weiteren vertrauensbildenden Maßnahmen (wie es so schön in der Politik heißt) gelingt es Heinrich, jeder einmal mit dem „Wattestäbchen" (oder wie auch immer das Teil genannt wird) über die Ziegenlippe zu streichen. - DNA im Kasten! Nach mehreren Versuchen gelingt es auch noch, beiden nacheinander das Maul aufzureißen für ein Foto der Schneidezähne. Wahrscheinlich ist das für die Untersuchung selbst wertlos, könnte aber einen Interessenten tief beeindrucken. Man müsste das nur im entsprechenden Tonfall beschreiben und die Schlüsse daraus darlegen.

Ich blase zum Rückzug. Wir gehen zum Auto zurück, wobei wir gelegentlich stehen bleiben, auf die Uhr und in die Umgebung herum schauen, Achsel zucken – also: das volle Programm.

Niemand wird bezweifeln können, das wir nur einen Termin wahrnehmen wollten, der aus unerklärlichen Gründen nicht zustande kam.

Wieder in meinem Arbeitszimmer überdenken wir das Ergebnis. Als gesicherte Erkenntnis (oder Mutung) sehen wir an, dass die Vergiftung durch die beiden Ziegen des Carsten Siepmann erfolgt ist. Warum aber nur wenige Stängel seiner Staude gekürzt worden sind, ist unklar.

Erste Möglichkeit: Er hat das eingefädelt, nur wenige Stängel abgeschnitten, die anderen im Wald, vielleicht auch im Kleingarten. Auf eigenem Gelände sind wenige gekürzt, um notfalls Deutungen in mehreren Richtung zuzulassen.

Zweite Möglichkeit: Schwester und/oder Schwager haben heimlich die Ziegen mit Runzeligem Wasserdost aus eigenem Bestand und dem im Naturschutzgebiet gefüttert und als falsche Fährte einige Stängel an Carstens Tränke abgeschnitten.

Welche Schuhgröße hat Carsten Siepmann? Seine Rolle in dem Fall ist noch unklar und deshalb weiter zu erforschen.

Für die Begegnung morgen sollten wir für alle Fälle gerüstet sein. An der Garderobe wird die Grundlage unseres Gespräches gelegt werden. Wenn da Schuhe mit der Größe 44 stehen oder mit einer Abweichung von höchstens einer Nummer (Variationsbreite bei Gipsabdrücken), dann kommt er als Täter in Frage. Anderen Falls müssen wir im Gespräch heftig improvisieren, um herauszufinden, wer sich den Schuh anziehen soll. Das trage ich Heinrich vor und schärfe ihm ein, dass wir uns auf keinen Fall wie normale Journalisten bei einem Interview verhalten dürfen, die schon zu Beginn der Fragen ihren Artikeltext vorgeplant haben und sich durch Fakten nicht mehr davon abbringen lassen.

24

Heute geht es mir sehr schlecht. Musste mich nach dem Frühstück - eine halbe Brötchenhälfte mit Mühe gemümmelt - mit latentem Brechreiz mühsam ins Bett schleppen, Krankmeldung per Telefon. Weil ich die erste Stunde frei habe, lässt sich das noch halbwegs elegant regeln. Es ist mir, als müsse ich über den Tod nachdenken, nicht über den der Carola Girsch, nein, über meinen eigenen!

Ich zu Asche – ist nun mal so, wird einmal so sein, aber die Folgen, falls es jetzt schon geschehen sollte! Welch ein Verlust für die Welt, falls mein Krimi nicht mehr vollendet würde. Nein, das darf nicht sein! Ich springe aus dem Bett, laufe zur Toilette, übergebe mich, spüle den Mund aus und fahre den Computer hoch. Schließlich ist mein Manuskript nicht das erste der Weltliteratur, das der Autor unter Schmerzen geschrieben hat.

Drei jämmerliche Zeilen, die ich wieder lösche, und dann entmutigt ins Bett. Da döse ich im Fieberwahn, bis ich zum Mittagessen geweckt werde, das ich natürlich verweigere.

Ich liege weiter im halbwachen Zustand, bis ich vom Wecker aufgescheucht werde: Termin bei Carsten Siepmann. Auf Biegen oder Brechen, jetzt muss ich aus dem Bett und tapfer sein. Heinrich, oh Heinrich, du wirst mich stützen und schirmen!

Er holt mich ab, fährt mich, bewacht meinen noch unsicheren Gang bis zur Tür. Begrüßung, Jacke ablegen, Heinrich bückt sich und hantiert an seinem Schuh. Siepmann hat meinen unsicheren Gang bemerkt, will uns die Treppe zum Arbeitszimmer nicht zumuten und bittet, ins Wohnzimmer einzutreten. Heinrich flüstert mir zu: „Größe 42, der ist aus dem Schneider." Schlagartig hat sich unsere Verhandlungsposition verbessert!

Carsten Siepmann trägt einen grauen Anzug und eine rosa Krawatte. Rosa signalisiert in diesem Fall – laut Internet – Sanftmut und Offenheit. Natürlich kann man das auch bei entsprechender Kenntnis durch einen Schlips in Rosa vortäuschen. Entspannt sitzen Heinrich und ich ihm im Wohnzimmer in zwei Sesseln gegenüber, lauschen seinen schmeichelnden Konversationsbausteinen, wie sie ihm von seiner Gesellschaft eingeimpft wurden, um Kunden gefügig zu machen und im freundschaftlichen Einvernehmen zur Unterschrift unter den Vertrag zu bewegen. Er selbst sitzt auf einem Stuhl, das soll Bescheidenheit ausdrücken.

Zunächst klären wir den Versicherungsfall bei Verlust eines Schlüssels. Das Angebot scheint fair zu sein (möchte ich bei meinen höheren Interessen auch nicht weiter hinterfragen). Dass er den Beamtentarif noch um 10% reduzierte kann, ist schmeichelhaft, aber natürlich schon vorher einkalkuliert.

Die Sache mit Haftpflicht bei Recherche-Fehlern eines Privatdetektivs ist ihm noch nicht untergekommen und muss noch bei der Versicherungsgesellschaft abgeklärt werden. Würde ich auch so machen.

Nach meiner Unterschrift beim Haftpflichtvertrag komme ich zur Sache:

„Sehr geehrter Herr Siepmann, Herr Hiesken ist als Privatdetektiv immer an Fällen interessiert, von denen er meint, sie seien nicht hinreichend untersucht worden. Ich bin übrigens auch der Meinung, dass der Tod ihrer Schwester noch einige Fragen aufwirft.

Falls es ein Unfall war, ist das bedauerlich, aber nicht zu ändern. Es könnte aber ein Mitmensch seine Hand im Spiel gehabt haben. Der sollte doch nicht ungestraft davon kommen. Es konnte bisher nicht aufgeklärt werden konnte, wer der Verursacher der Vergiftung ihrer Schwester gewesen ist. Ihnen trauen wir das nicht zu. Es könnte aber auch auf Sie ein Schatten fallen – berechtigt oder nicht. Wir wollen Sie nicht beunruhigen. Wir sind der Meinung, dass die Polizei sich zu schnell mit vorläufigen Ergebnissen zufrieden gegeben hat.

Nach unseren privaten Ermittlungen sind wir zur Ansicht gelangt, dass Sie nicht der Mörder sein können. Weiter nehmen wir an, dass ihnen daran gelegen sein wird, den Täter zu ermitteln.

Leider müssen wir nach dem derzeitigen Informationsstand davon ausgehen, dass die offiziellen Ermittlungen eingestellt wurden. Man glaubt an eine unabsichtliche Vergiftung Ihrer Schwester beim unvorsichtigen Umgang mit Giftpflanzen.

Wir haben recherchiert und zur Beweissicherung Proben genommen. Die Auswertung ist sehr kostspielig. Wir können die Analysen nur in Auftrag geben, falls Sie sich angemessen daran beteiligen. Für uns ist Ihr Schwager der Hauptverdächtige, der sich zur Zeit mit seiner Geliebten auf Ibiza amüsiert. Sollten wir nachweisen können, dass er den Tod ihrer Schwester herbeigeführt hat, ist er erbunwürdig. Dann sind Sie der Erbe der zweiten Hälfte der Erbengemeinschaft. Das sollten sie in Ruhe überdenken.

Um ganz sicher zu sein, sind noch einige Fragen zu klären. Ich denke dabei, dass wir ganz offen miteinander reden können und wollen. Wir gehen zunächst davon aus, dass es zur Vergiftung gekommen ist, weil jemand Ihre Ziegen mit Runzligem Wasserdost gefüttert hat. Sie wissen was die Milchkrankheit ist?" - „Ja, davon habe ich gelesen. Hat mich interessiert, weil wir damals aus Kanada so eine Pflanze mitgenommen haben. Die blüht so prächtig," antwortet er unbefangen, „aber das kann doch nur passieren, wenn Kühe sie fressen, und ich wüsste nicht, wie Kühe auf mein Grundstück oder in die Kleingartenanlage kommen sollten." - „Ist tatsächlich unwahrscheinlich. Außerdem hat Ihre Schwester keine Kuhmilch getrunken", wirft Heinrich ein, „Jemand muss erfolgreich mit Ziegen experimentiert haben. Falls das stimmt: Warum wurden Sie nicht vergiftet?"

Carsten Siepmann atmet erst einmal tief durch, bevor er antwortet: „Ich selbst mag die Milch nicht besonders, habe sie nur getrunken, wenn zu viel davon übrig geblieben ist. Die Ziegenzucht habe ich nach dem Tod der Eltern einfach so weitergeführt. Nostalgie eben. Meine Schwester hatte eine Kuhmilchallergie. Das ist auch ein Grund dafür, dass ich die Ziegen behalten habe. Meine Schwester mochte ich nicht sehr. Aber sie war nun mal meine Schwester.

Vor ein paar Wochen ist die dritte Ziege eingegangen. Der Tierarzt konnte dafür keinen Grund finden. Schicksal eben! Und Mette wurde nicht melk. Der Bock hat wohl versagt, ist etwas in die Jahre gekommen. Der Zuchtverein sollte endlich einen jüngeren kaufen. Lotte hatte im Februar nur ein Lamm, das ich schlachten konnte. Das alles lohnt nicht mehr. Und sehr lange werden es die beiden Ziegen auch nicht mehr machen. Bekommen noch einige Zeit ihr Gnaden-Gras, bis sie zum Metzger kommen. Der Aufwand mit der Milch-Verteilung oder dem Abholen der Flaschen bei mir wird mir zu viel - für die paar Cent. Deshalb habe ich meinen Kunden mitgeteilt, dass ich keine Milch mehr abgebe. Ich mache jetzt Ziegenkäse, bin grade beim Testlauf. Nur für meine Schwester habe ich ihre Ration immer abgezweigt."

„Merkwürdig", sagt Heinrich, „bei meiner Mutter im Laden hat sie vor einiger Zeit nach Ziegenmilch gefragt, weil ihr Bruder nicht mehr liefert." Carsten reißt erstaunt die Augen auf. Einen Moment starrt er mit leicht geöffnetem Mund vor sich hin. „Deshalb also!", flüstert er. „Was deshalb?", hake ich nach. „Kurz nachdem ich mit dem Käse angefangen habe, ist mein Schwager gekommen, um die Milch zu holen. Die Flasche stelle ich immer zur Abholung unter das Vordach vom Ziegenstall. Er sagte, dass er von meiner Umstrukturierung der landwirtschaftlichen Produktion gehört hat. Ob ich wirklich nur noch Milch für meine Schwester abgebe. Und dann hat er verkündet, dass er jetzt immer die Milch holt. Wegen seines geänderten Dienstplans kommt das so besser hin als bei seiner Frau."

„Wo ist der Käse? Haben Sie schon etwas davon verkauft?", will ich wissen. „Nein, meine Sorte soll ein Hartkäse werden etwa wie der „Majorero curado". Der muss vier Monate reifen. Die meiste Arten von Ziegenkäse reifen innerhalb von zwei bis drei Wochen. Da müsste ich wieder dahinter her sein, dass ich sie rechtzeitig loswerde. Die ersten Laibe liegen in einer nur sechs Meter langen Höhle im Kalkfelsen, zu der allein ein Kollege durch seinen Keller Zugang hat".

Mir wird immer flauer im Magen. Heinrich sieht mich besorgt an und drängt auf eine Unterbrechung, der Carsten zustimmt. Schnell fährt er mich nach Haus. „Gute Besserung!", sagt er, „Den Rest kläre ich gleich noch mit Siepmann, besonders die finanzielle Seite." Wenn es ums Geld geht, läuft Heinrich zu Höchstform auf. Beruhigt sinke ich ins Bett.

25

Heute geht es mir schon viel besser, aber noch nicht richtig gut. Das merke ich beim Aufstehen. Das Frühstück beschränke ich auf einen Schluck Kaffee. Einen Tag darf ich wegen selbst diagnostizierter Dienstunfähigkeit fehlen. Heute müsste ich zum Arzt. Dafür geht es mir nicht schlecht genug. Vor dem Wochenende zu erkranken, weckt Misstrauen, auch möchte ich meine Schüler nicht durch meine Abwesenheit enttäuschen. Die Unterrichtsvorbereitung musste leider entfallen (abends noch 38° Temperatur). So schaue ich kurz auf den Stundenplan und schalte um auf Schwellendidaktik. Bei dem einen oder anderen Kollegen scheint das täglich Brot zu sein, besonders bei Sportlehrern. (Es wurde auch Zeit für einen weiteren Hinweis auf mein geliebtes Vorurteil!) Schwellendidaktik bedeutet, dass sich der Lehrer beim Überschreiten der Schwelle zum Klassenzimmer entscheidet, welches Thema er aufgreift und mit den Schülern bearbeitet. Das funktioniert erstaunlich gut, weil er nicht – wie viele Journalisten bei Interviews – auf ein geplantes Ergebnis hinarbeitet, sondern wertfrei ernst nimmt, was die Schüler sagen.

Genug der Theorie. Mittags steht Heinrich auf der Matte. „Hast du den Vormittag gut überstanden? Hängst du noch an der Schnabeltasse?", fragt er grinsend. Bei so guter Laune müssen seine Verhandlungen erfolgreich gewesen sein. Und tatsächlich berichtet Heinrich: Er hat Siepmann erklärt, dass wir seinen Schwager im Sack haben, falls eine Probe des Ziegenkäses Tremetol enthält. Bis dahin darf er den Käse nicht in Umlauf bringen, falls er nicht als Massenmörder in Verdacht geraten will. Zur Absicherung der Faktenlage wird der erfahrene Ermittler Heinrich Hiesken sich um die Aussagen weiter Zeugen bemühen. „Gut, und was ist mit der materiellen Situation", möchte ich doch gerne wissen. Heinrich verzieht den Mund: „Firmengeheimnis, aber so viel kann ich sagen, dass Siepmann die erste Rate per Online-Banking schon bezahlt hat. Die zweite Rate gibt es bei Festnahme und die dritte bei Verurteilung. Auslagen für weitere Ermittlungen werden nach Arbeitsaufwand erstattet. Als Staatsbeamter solltest du nicht alle Einzelheiten wissen. Ich möchte dich nicht in Gewissensnot bringen." Das ist eine seiner üblichen Ausreden. Die akzeptiere ich vorläufig.

„Wie wäre es, wenn wir uns am Nachmittag im Enteneck etwas umhören?", fragt Heinrich. Das passt mir nicht so ganz, aber um den Fall jetzt abschließen zu können, würde ich bei dem Zustand meines Magens eine Frikadelle und diverse Alkoholika - in nicht zu großen Mengen - tolerieren.

Nach einem kleinen leichten Mahl mache ich meinen obligatorischen Mittagsschlaf. Schließlich öffnet keine Kneipe in Aumecke vor 17 Uhr.

Fast pünktlich betrete ich das Enteneck und setze mich an den Tisch, an dem der Erfinder und Ralf sitzen. Heinrich kommt später und stellt sich an den Tresen. Das ist Arbeitsteilung. Er befragt den Wirt, ich das Volk. „Karl, einen Pfefferminztee bitte", lautet meine Bestellung. „Haben wir nicht!" antwortet der Wirt,

hier ist eine Kneipe, keine Apotheke!" - „Na gut, dann 'ne Frikadelle und 'ne Cola!" „Ist es so schlimm?", fragt Ralf besorgt. Ich
weiß nicht ob ich nicken oder den Kopf schütteln soll, lasse bei-
des und stöhne nur leise. „Menta, die Minze – mental nicht gut
zurecht?", fragt der Erfinder.

Es tut gut, wenn sich Freunde um mich sorgen, also murmele
ich: „Ist schon o.k.!" Die Frikadelle kommt und schmeckt sogar.
Eine Weile höre ich zu, was für Probleme es mit dem Schnabel-
tassen-Aufsatz gibt. Biergläser sind geeicht aber nicht genormt.
Deshalb arbeitet der Erfinder gerade an einem Adapter, damit
sein Produkt für alle Bierglassorten verwendet werden kann,
vielleicht sogar für Weingläser. Ihm will so recht keine Lösung
einfallen. „Manchmal humpelt mein Hirn", ist sein Kommentar.

So unauffällig wie möglich erinnere ich meine Mittrinker an
den Todesfall Girsch, frage nur selten vorsichtig nach und höre
zu, was an Fakten und Vermutungen über sie und ihr Umfeld in
Umlauf ist. Cola ist kein Allheilmittel, mir ist weiter flau im Magen. Meine Konzentration leidet auch unter dem Ergebnis des
Mittagsschlafes. Ich habe geträumt, aber gegen meine Gewohnheit keine komplette Geschichte. Bruchstücke eines Dialogs spu-
ken in meinem Kopf, geführt von Ton-Tine und Tina Agera. Das
Flaggschiff kreativer Frauen kenne ich nur durch Heinrichs wü-
tende Erzählung. Tina Agera? Eine Frau mit Migrationshinter-
grund? Kommt mir spanisch vor, sagt mir nichts, habe aber irgendwann von ihr gehört, möchte ich wetten. Nachdem ich die
zweite Cola angetrunken habe (angetrunken?), bemerke ich,
dass Heinrich zu mir herüber sieht und eine leichte Kopfbewe-
gung zur Tür macht. Verstanden. Ich zahle und entschuldige
mich: „Ich sollte das Wochenende besser im Bett verbringen" -
„Mit wem?", fragt Ralf und grinst mich an.

26

Kurz nach mir trifft Heinrich in meinem Arbeitszimmer ein und holt den Ermittlungsordner aus dem Regal. „Was hast du an Neuigkeiten?", fragt er und spitzt den Bleistift an. „Wenig Konkretes, fürchte ich", sage ich, „Die ganze Zeit habe ich nachgedacht, was Ton-Tine und Tina Agera mir sagen wollten, die mir kurz in meinem Mittagsschlaf erschienen sind." - „Erotische Träume? Was hast du mit ihnen gemacht?", fragt Heinrich und lacht, „Ton-Tine scheint mir etwas welk, aber immerhin deine Altersklasse. Haben sie dich heiß gemacht? Oder haben sie nur etwas erzählt?" „Letzteres, aber leider habe ich kein Wort verstanden."

Da fällt es mir wie Schuppen von den Augen: Ton-Tine, den Namen der Dame, die aggressiv Kreativität vermarktet, müsste man ohne Bindestrich schreiben. Und schon ergibt es „Tontine".

Das war früher beliebt, etwas wie eine Mischung aus Geldanlage und Risiko-Lebensversicherung für eine Gruppe. Die hat der Graf Tonti erfunden um Siebzehn-hundert-noch-was. Alle Beteiligten zahlen eine Summe ein. Die Zinsen werden jährlich ausgeschüttet, aber nur an die Überlebenden, deren Anteil sich bei jedem Todesfall erhöht. Der letzte bekommt auch das Kapital ausgezahlt. Da war der eine oder andere versucht, seinen Anteil durch das Meucheln eines Verwandten zu erhöhen. So steht es geschrieben im Buche Agatha, Kapitel „16 Uhr 50 ab Paddington" und auch in den Erläuterungen zu dem Begriff bei Wikipedia. „Tina Agera" kann Heinrich erklären: Das ist Siepmanns Pseudonym im Internet. Und da wir gerade beim Rätselraten sind: Wenn wir die beiden Wörter in der Reihenfolge tauschen, ergibt das „Ageratina". Da muss man nur noch „altissima" anhängen und hat den wissenschaftlichen Namen für „Runzeliger Wasserdost".

„Oh Heinrich, hoffentlich hat uns nicht ein sehr raffinierter Mörder bei'n Bock getan! Sein Tarnname fürs Internet ist vielleicht ein fast harmloser Scherz. Er kannte ja schon lange den botanischen Namen seiner Zierpflanze, aber Vorsicht bei weiterem Umgang mit ihm!"

„Mach nicht ein neues Fass auf!", knurrt Heinrich, „ein Drittel hat er bezahlt. Er ist mein Klient. Also ermittle ich nur noch in seinem Sinne. Ich setze doch nicht mein Einkommen aufs Spiel!"

Er listet Fakten und Vermutungen auf: Gisbert Girsch wurde erst in letzter Zeit in Kneipen gesehen, galt bisher als Heimtrinker. Er trägt immer blaue Hemden mit weißem Kragen, dazu einen roten Schlips - in der Sparkasse quasi als Dienstuniform. Karl, der von einer optimalen Sicht auf das Büro der Autovermietung vis-a-vis profitiert, hat ihn oft gesehen, wenn er seine Frau abgeholt oder ihre Anwesenheit am Arbeitsplatz kontrolliert hat. Er schwört, dass Gisbert seit Jahren in seiner Freizeit gelbe Krawatten getragen hat (laut Internet Beweis oder Vortäuschung von Optimismus und Aufgeschlossenheit). In den letzten Wochen hat er bei ihm nur gestreifte Schlipse bemerkt, was ihm sehr komisch vorgekommen ist. Seine neue Flamme wollte das sicher so. Nicht nur Gisbert ist gelegentlich bei der Autovermietung aufgekreuzt. Oft stand ein Porsche kurzfristig auf dem Hof, der nicht zur Flotte der Firma gehörte. Der zugehörige junge Mann war vielleicht Carolas neuste Eroberung. So gesehen gab es geradezu einen Wettlauf, wer von den Eheleuten als erster „allein" in den Urlaub fuhr.

Franz Komischke aus Aumecke hat dem Wirt erzählt, dass er oft seine gebrechlichen Eltern im Buchenweg besucht. Nach Carolas Tod ist es ihm nachträglich komisch vorgekommen, dass er ihn Wochen davor so oft Gisbert auf Carstens Grundstück gesehen hat. Dabei war Carsten gar nicht da, mit dem er etwas zu bereden gehabt hätte. Außerdem sind die doch wie Katze und

121

Hund! Seine Aussage bestätigt, was Carsten gesagt hat. Franz Komischke könnte bei der Polizei als Zeugen benannt werden.

„Wie sollen wir weiter vorgehen?", frage ich meinen Detektiv. Heinrich ist in Schwung und legt los: „Wir schreiben eine saubere Zusammenstellung unserer Recherchen. Dann legen wir schriftlich dar, welche Schlüssen wir daraus ziehen und erhärten damit den Verdacht gegen Gisbert. Als Zugabe kopieren wir eine neue Info aus dem Netz in Englischer Sprache über die Milchkrankheit, aus der man bei gutem Willen ableiten kann, dass auch Schafe mit ihrer Milch diese Vergiftung auslösen können. Und was ein Schaf auf dem Gebiet leistet, kann eine Ziege schon lange. Das Verdauungssystem ist nämlich bei beiden fast identisch. Schema dazu wird angefügt. Ich stelle die Punkte zusammen. Du formulierst den Text in deiner unnachahmlich überzeugenden Art. Dafür findest du nächste Woche genügend Zeit, spätestens Fronleichnam und am Brückentag danach. Du kannst dich nicht ständig hinter Klassenarbeiten verstecken! Die Papiere übergeben wir Frau Asche. Wenn sie den Gisbert nicht festnimmt, fresse ich einen Besen." - „Oder reitest auf ihm davon!", muss ich da einwerfen. „Sie braucht ihn nur vorübergehend festzunehmen", doziert Heinrich, „Dann ist Rate Nummer Zwei fällig. Vertrag ist Vertrag, und vorläufige Festnahme ist auch Festnahme." „Die dritte Rate ist doch äußerst unsicher" - „Stimmt, aber ich habe nur mit zwei Raten kalkuliert, um einen angemessenen Gewinn zu erwirtschaften. Verurteilung bedeutet eine zusätzliche Erfolgsprämie. In dem Fall hat Carsten durch die Erbschaft genug eingesackt. Der kann das dann locker verschmerzen." - „Und dein Gewissen?" - Da muss Heinrich herzhaft lachen.

27

Ich leide wieder an Sekundenschlaf. Seit der Behandlung meiner Schlafapnoe schien das geheilt. An den letzten drei Tagen bin ich jeweils gefühlt eine Sekunde, nachdem ich zum Mittagsschlaf die Augen geschlossen hatte, vom Telefon geweckt worden. Heute passiert das wieder. Und auf die besorgte Frage des Anrufers, ob er stört, verneine ich das diesmal gegen meine Gewohnheit nicht. Laut und deutlich sage ich Ja! - „Ich bin es aber doch, der Heinrich", klingt es erschrocken, „soll ich später?" - „Nein, was ist los? Ich bin jetzt wach." Seine Botschaft ist kurz, damit ich – wie er sagt – schnell beruhigt weiter schlummern kann. Unser Dossier zum Todesfall Carola Girsch hat er gestern persönlich Frau Asche überreicht, zusätzlich den Gipsabdruck, Speichelproben der Ziegen, Fotos der geöffneten Mäuler und der Schnittflächen unter dem Mikroskop, Stängel-Proben vom Runzeligen Wasserdost und – besonders wichtig – eine Probe vom Ziegenkäse, den Carsten Siepmann am 28. April angesetzt hat.

Wie wir vermuteten, ist der Fall noch nicht zu den Akten gelegt. (Carsten gegenüber hatten wir das Gegenteil behauptet, um ihn unter Druck zu setzen.) Frau Asche hat das Material gesichtet und bittet, für ein paar Rückfragen und Erläuterungen zur Verfügung zu stehen. Den Herrn Autor soll er möglichst mitbringen zum vorgeschlagen Termin morgen um 16 Uhr. Falls der aber dann schon zum Kurzurlaub über Fronleichnam aufgebrochen sein sollte – wie das bei Lehrern üblich ist – mache das auch nichts. Sie wolle Klarheit haben bis zum Samstag, wenn alle Laborwerte vorliegen und Gisbert in Düsseldorf landet.

„Da geh du mal schön alleine hin!", fauche ich böse, „die kennt offensichtlich nur Sportlehrer. Sag ihr dass ich keine Zeit habe, weil ich drei Stapel Klassenarbeiten korrigieren muss. Schließlich habe ich letztes Wochenende für die wasserdichte Formulierung deiner Unterlagen verbraten! Schluss jetzt. Ich brauche meinen Schlaf. Du wirst mir berichten."

28

Wir sind in Feierlaune. Heinrichs Gespräch mit Frau Asche ist super gelaufen. Es gab viel Lob für unsere Präzisionsarbeit, und gefragt hat sie kaum etwas. - Heute dann das Sahnehäubchen: Vor ein paar Minuten hat Heinrichs Kumpel vom Flughafen Düsseldorf aus angerufen. Er ist mit derselben Maschine aus Ibiza gekommen wie Gisbert Girsch. Es hat einen Zugriff gegeben. Gisbert hatte keine Urlaubsbräune mehr im Gesicht, als er mit seiner Gespielin zwischen zwei Polizisten und in Begleitung einer energischen gutaussehenden Dame in rotem Kostüm das Gebäude verließ. Bingo! Rate Zwei ist fällig!

Es schellt an der Tür. Der Postbote überreicht mir einen dicken Umschlag, der nicht in den Briefkasten gepasst hat und einen Brief vom Tierarzt.

Den großen Brief mit dem unaufgeforderten Sanierungsangebot für mein Dach lasse ich unten auf der Treppe liegen und laufe hoch zum Arbeitszimmer. „Was ist los?", fragt Heinrich. „Warte ab" , sage ich, reiße den Umschlag auf. Der Tierarzt schreibt: *Konnte dich digital nicht erreichen: Ob das mit der Ziegenmilch so funktioniert, kann ich nicht sicher sagen. Habe in den Archiven gesucht, aber keinen fachlich begründeten Hinweis darauf gefunden. Kennst du jemanden, der eine Ziege für eine Versuchsreihe zur Verfügung stellt?*

Heinrich lacht: „Die Versuchsreihe ist bereits erfolgreich gelaufen. Sonst hätte Frau Asche sich zur Käse-Probe geäußert. Oder glaubst du, dass er das Gift aus den Pflanzen destilliert und in die Flaschen gegeben hat? Wer sich in der Chemie so gut auskennt, endet nicht in der Sparkasse.

Wie der Mörder das gemacht hat, mit oder ohne Milchkrankheit, kann uns jetzt egal sein. Hauptsache er gesteht - und mein Bonus ist fällig.

Und wenn du jetzt noch diesen Text auf eine PDF-Datei ziehst und einen seriösen Verleger findest, kann die Kasse noch einmal richtig klingeln. Musst du dann aber leider versteuern."

Was soll ich darauf antworten?

Nachwort

Beim Schreiben des Textes stellte sich heraus, dass mein Rechtschreibprogramm manche Wörter nicht kennt oder auf anderen Schreibweisen beharrt als die in der neuesten Ausgabe des Duden.

In einigen Fällen könnte der Text also Fehler enthalten, die ich nicht bemerkt oder konsequent genug zu vermeiden versucht habe.

„Ist doch egal", würde Heinrich sagen, „intelligente Leser verstehen trotzdem, was du sagen willst." Ausnahmsweise glaube ich ihm aufs Wort. Und wen solche Fehler stören, der kann sich ja beim Bundesnachrichtendienst bewerben!

zum Autor:

Walter Gödde wurde 1944 in Plettenberg (Sauerland) geboren und war bis zur Pensionierung Lehrer in Iserlohn.

Außer einem „Kriminalroman" veröffentlichte er Gedichte in Zeitschriften und einer Anthologie zum „Literaturpreis Umwelt des Landes NRW". Einige Texte waren im WDR in der Reihe „Lyrik in NRW" und in zwei weiteren Sendungen zu hören.

Seine skurrilen Objekte, Fotos und Drucke, die durch „Operationen am offenen Scanner" entstehen, waren in mehreren Einzelausstellungen in Deutschland und Portugal zu sehen.